Das leere Frauenzimmer

von
Elke Weigel

Bibliografische Information der Deutschen Nationalbibliothek: Die Deutsche Nationalbibliothek verzeichnet diese Publikation in der Deutschen Nationalbibliografie; detaillierte bibliografische Daten sind im Internet über dnb.dnb.de abrufbar.

Impressum
© 2017 Elke Weigel
Lektorat und Korrektorat: Dorothea Böhme
Cover: Eva Sattler
Hintergrundfoto: HolyLazyCrazy, Fotolia
ISBN 9783744800358
Herstellung: BoD-Books on Demand, Norderstedt

9 783744 800358

Dem wird befohlen, der sich nicht selber gehorchen kann.
(Nietzsche, Also sprach Zarathustra)

1980

Unkraut

Der Rasen war übersät von Löwenzahn. Middie sah über die gelben Blütenköpfe und entschied, dass eine der Blumen Stevie geweiht sein sollte. Die in der Mitte vor der Hollywoodschaukel.

Sie zupfte ihre abgeschnittene Jeans am Po hinunter, rückte die Träger ihres Tops zurecht und begann mit dem Ausstechen. Ihre Finger färbten sich grün, der Saft aus den Stängeln machte ihre Haut klebrig und ihre Knie schmerzten. Jedes Jahr die gleiche Tortur, Unkraut schoss hervor und drohte den Rasen, der ein englischer sein sollte, zu ersticken. Sie bohrte neben den Stängeln in die Erde und rupfte die Pflanzen mit den Wurzeln heraus, bis ihre Zunge dick wurde vor Durst. Bienen umschwirrten sie, die Sonne stach. Den Eimer mit den schlaffen Pflanzen entleerte sie auf einen Haufen am Ende des Gartens.

Gegen Abend, als die Rückseite des Hauses im Schatten lag, ließ Middie das Werkzeug in den Eimer fallen und rieb ihre Hände gegeneinander. Die Fingernägel blieben erdschwarz und die Haut grünlich. Nur kurz sah sie zu den Fenstern; das Haus lag so still, Mutter schlief sicher immer noch.

Jetzt. Andächtig kniete sie neben der letzten Pflanze nieder.

Wenn der Löwenzahn blüht, hole ich dich, hatte Stevie gesagt.

Zwei Jahre waren seitdem vergangen. Middie berührte das seidige Gelb der unzähligen Blättchen. *Sie kommt, sie kommt nicht, sie kommt, sie kommt nicht.*

Da legte sich eine Hand über ihre, warm und groß. Atem an ihrem Hals. Stevie. Lautlos war sie in den Garten gekommen und hatte sich zu ihr gesetzt.

Früher hatten sie dabei gekichert, denn es war ihnen verboten gewesen, den Löwenzahn zu pflücken. Mitsamt der Wurzel sollten sie ihn ausstechen, ihn komplett vernichten. Damit Mutter vom Haus aus nicht sehen konnte, was sie trieben, waren sie damals dicht zusammengerückt.

Wieder bildeten sie eine Wand, mit ihren Körpern, eine Wand gegen Mutter – und pflückten die Blume. Der klebrige Saft rann über Middies Finger.

»Wo warst du so lange?«, fragte sie, ohne sich umzudrehen.

»Ich habe die Welt umrundet und dir einen Schatz mitgebracht«, flüsterte Stevie.

»So ein Quatsch. Wo warst du?«, fragte Middie schroff, doch ihr Ärger verblasste bereits und sie rutschte aus der Umarmung.

»Ich war in China.« Stevie grinste wie immer, hatte das blonde Haar mit Gel nach hinten gekämmt und trug ein albern kariertes Jackett.

»Wie geht es dir?«, fragte sie sanft.

Middie senkte den Kopf und sah auf ihre Hände. »Erzähl mir lieber weiter Unsinn.«

»Ich habe ein Zaubertuch, mit dem kann ich alle Wirklichkeit verschwinden lassen.« Stevie vollführte eine großartige Geste mit den Armen.

»Tu es! Lass nur ...« Middies Herz klopfte schneller. »Lass nur uns übrig.«

»Dann komm mit.«

Wie früher legten sie sich nebeneinander auf die Hollywood-schaukel. Eine Weile wackelte die Bank noch und die eingehängte Kette zerrte klirrend am Gestänge. Stevie lag auf dem Rücken und sah zum Baldachin, die Arme hinter dem Kopf verschränkt. Middie zeichnete mit der Löwenzahnblüte Stevies Wange nach, fuhr über den feinen Flaum, den man nur im Gegenlicht sehen konnte und kitzelte ihre Lippen. Als Stevie danach schnappte, zuckte sie weg und strich über ihre eigenen Lippen. Jetzt erst sahen sie sich an. Ein Schauder durchlief Middie. Tigeraugen. So nah, so nah war Stevie, als sei sie nie weg gewesen. Middie drückte ihre Oberschenkel gegen Stevies Beine und schob ihre nackten Zehen zwischen deren Turnschuhe.

Stevie kam ihr entgegen, streichelte ihren Arm, machte die Hand breit, sodass sie auch ihre Brust berührte. Middie dehnte sich innerlich aus, aber dann fiel ihr wieder ein, dass Stevie irgendwo in der Welt gewesen war, bei irgendwelchen Anderen. Sie zerquetschte den Blumenstängel, bis der giftige Saft heraustropfte. Zwischen sie. Wenn da überhaupt eine Lücke war, zwischen ihren Körpern.

»Die Huren in China behaupten, dass man davon einen ekstatischen Orgasmus bekommt.« Stevie fing die Tropfen mit der Handfläche auf.

»Der Mann oder die Frau?«

»Huren tun doch nur so.«

»Woher willst du das wissen? Vielleicht machen sie es, weil es dann auch für sie die Ekstase ist.«

»Kaum.«

Middie knöpfte ihre Jeans auf und schob die Hand unter den Gummi ihres Höschens.

»Was machst du da?« Stevie hielt ihre Hand fest.

»Ich will es ausprobieren.«

»Der Saft ist giftig!«

»Ach ja, das sagt man bei uns zu den Kindern. In China, hast du behauptet ...«

»Du bist auch noch ein Kind.« Stevie riss den Blütenkopf ab.

»Nein. Bin ich nicht. Und außerdem fällt dir das zu spät ein.« Mit Löwensaft verklebten Fingern öffnete sie Stevies Hosenknopf. »Wie muss ich es machen?«

Stevies Augen wechselten die Farbe. Middie kannte diesen Zauber, seit sie denken konnte. Die Pupillen konnten dunkelblau oder grün sein, manchmal braun mit gelben Tupfen. Tigeraugen. Jetzt verdunkelten sie sich.

»Du bist ein Luder.« Stevie stieß sie weg. Nicht hart, nur stark genug, um ihr zu zeigen, dass sie bestimmte und die Führung übernehmen würde.

»Lass mich mit dir gehen«, bettelte Middie.

»Ich reise hierhin und dahin und überall hin.« Stevies Hand huschte über ihrer Haut.

Hieß das Ja?

Middie ließ sich davontragen, weit, weit weg von hier.

2000

Das neue Haus

Was bildest du dir ein? Middie hatte die Stimme ihrer Mutter im Ohr, während sie den Mietwagen auf den Stellplatz ihres neuen Hauses lenkte. Sie schaltete das Licht aus und blieb sitzen, ihr Herz klopfte schnell.

Hatte sie wirklich eine Chance, neu anzufangen?

Eine Straßenlaterne warf Licht auf das Haus, das sie gekauft hatte. Jetzt in der Nacht wirkte es unscheinbarer, als sie es in Erinnerung hatte. Es war ein Haus, wie kleine Mädchen es malen: ein spitzes rotes Dach, zwei Fenster rechts und links neben der blauen Haustür und auf dem Dach ein Kamin.

Nur der Rauch fehlt, dachte Middie und stieg aus. Sie drückte leise die Autotür zu und warf gleichzeitig einen Blick auf die Nachbarhäuser, aber nichts rührte sich. Es war Mitternacht, die Menschen schliefen.

Middie presste Handtasche und Schlafsack an den Bauch und ging auf Zehenspitzen über die rechteckigen Platten zum Haus. Drei Stufen führten zum Eingang. Das Schild am Briefkasten war bereits mit ihrem Namen versehen *M. Schmid.* Middie verzichtete darauf, hineinzusehen; an die neue Adresse war sicher noch keine Post geschickt worden, außerdem bekam sie sowieso selten interessante Briefe.

Sie war ein Mittling. Dieses Wort hatte sie erfunden. Es war ihr irgendwann in den Sinn gekommen und es passte perfekt. Es gab nämlich keine besonderen Merkmale an ihr. Mittelblondes, mittellanges Haar, ein durchschnittliches Gesicht, nicht dick und nicht dünn. Sie war eine mittelgroße deutsche Frau mit mittlerem Bildungsabschluss und Leistungen, die im Mittelfeld lagen. Und jetzt zog sie an den Stadtrand, nicht aufs Land, nicht ins Zentrum, in einem Alter, in dem man weder jung noch alt war. Achtunddreißig. Irgendwie lag sie immer in der Mitte und damit zwischen allem – ein Mittling eben.

Eigentlich hieß sie Mildred Schmid. Eine alberne Komposition, mit der ihre anglophile Mutter versucht hatte, sie vom Durchschnitt abzuheben.

Vermutlich hatte sie schon nach meiner Geburt geahnt, dass nichts Besonderes aus mir werden würde, dachte Middie bitter und schloss die Haustür auf. Ihre Schwester bastelte damals ebenfalls an ihrem Image und glaubte, Middie sei eine Abkürzung von Mildred, sie fand es originell. Notgedrungen tat ihr auch die Mutter den Gefallen, denn Middie weigerte sich hartnäckig, auf eine andere Anrede zu reagieren. So setzte sich allmählich der Name durch. Keiner außer ihr selbst wusste, was er wirklich bedeutete. Es war Hohn, ein Stachel, den sie sich selbst ins Fleisch jagte, ins durchschnittliche Fleisch.

Middie knipste das Licht an. Eine nackte Glühbirne hing am Kabel von der Decke. Sie kniff die Augen zusammen. Die weißen Wände des Flurs blendeten sie, eine Garderobe aus Mahagoniholz glänzte wie frisch geölt. Middie hängte ihre Jacke daran. Viel zu laut klangen ihre Schritte, als sie über das Parkett ging.

»Hallo neues Zuhause«, sagte sie, und weil es so kläglich klang und in den leeren Räumen hallte, wiederholte sie es noch einmal lauter. Die Glühbirne flackerte, erlosch und sprang wieder an und plötzlich wirkte das Licht wärmer, die Wände wirkten weicher und ihre Schritte tänzerisch. Middie schlüpfte aus den Schuhen und ging auf Strümpfen weiter. Sie hatte das Gefühl, sie wurde vom Haus empfangen. So viel Freundlichkeit hatte sie nicht erwartet. Als sie die Immobilie vor ein paar Wochen besichtigt hatte, hatte sie sie auf Anhieb gemocht. Aber jetzt fühlte sie sich geradezu umarmt. Die hellblauen Kacheln des Badezimmers versprachen Reinheit, die Wanne Erholung, die quadratische Wohnküche Gemütlichkeit und einfache Genüsse, wenn auch noch alle Möbel fehlten; nur Herd und Kühlschrank blitzten. Morgen früh würde der LKW mit ihren Möbeln kommen und Middie malte sich aus, wo sie den Küchentisch hinstellen würde. Sie strich über die imaginäre Tischplatte und lächelte. Das Wohnzimmer zeigte sich gastlich, obwohl es leer war.

Ich wusste gar nicht, dass ich so eine lebhafte Fantasie habe, dachte Middie. Sie öffnete die Terrassentüre und horchte in den Garten. Stille. Hinter ihrem Grundstück begannen die Felder. Es roch nach lauer Juninacht, feuchter Erde und süßen Blüten.

Im Schlafzimmer, das gleich neben dem Eingang lag, beendete sie ihre Runde. Der Raum war weiß gestrichen wie alle Räume, trotzdem umfing sie sofort Ruhe. Erstaunt über die starke Empfindung drehte sich Middie um ihre Achse und beobachtete ihr Spiegelbild in der Fensterscheibe. Die Ärmel ihrer Strickjacke wirkten wie Flügel.

»Ich bin dir davongeflogen, Stevie.«

Empfand sie Freude? Erleichterung? Oder Wehmut? Middie wusste es nicht.

Aus dem Flur holte sie den Schlafsack und rollte ihn gegenüber dem Fenster aus. Im Badezimmer drückte sie eine Tablette aus der Packung. Ihr Arzt hatte gemeint, es würde ihren Kopf sortieren, eine Umschreibung dafür, dass er glaubte, sie hätte Halluzinationen. Er empfahl ihr häufige Spaziergänge an der frischen Luft. Wenn er wüsste, wie weit sie gegangen war! Gerade fühlte sie sich gar nicht wirr im Kopf.

Der Schein der Straßenlaterne leuchtete bis ins Schlafzimmer und sie tapste auf dem schmalen Lichtstreifen zu ihrem Lager. Der Schlafsack raschelte, als sie hineinkroch und den Reißverschluss zuzog. Middie legte die Handflächen aufeinander und schob sie unter ihre Wange. Sie horchte auf die Geräusche des Hauses, ihres Hauses. Ein Balken knackte, der Kühlschrank summte.

Nach einer Weile glaubte Middie, eine leise Melodie zu hören. War es Musik aus dem Nachbarhaus? Nein, es klang, als käme es aus den Wänden. Sang das Haus? Sie sollte solchen Gedanken keinen

Raum geben, sie wusste ja, dass es nur ihr Kopf war, der sich das ausdachte.

Middie lauschte trotzdem. Eine schöne Melodie, gespielt von einer Geige, fliegend. Nur noch einen Moment zuhören. Es wusste ja keiner, dass sie sich das ausdachte und trotzdem glaubte, es sei real. Sie fühlte sich in den Schlaf gewiegt. Sie hätte die Läden schließen sollen, nun würde die Sonne sie wecken.

Hier findest du mich nicht, dachte Middie. Dann spürte sie, wie sie in den Schlaf rutschte.

Vogelzwitschern weckte sie. Middie sah auf ihre Armbanduhr, die sie neben den Schlafsack gelegt hatte. Sechs Uhr. Einen Moment durfte sie sich noch gönnen und genießen, dass sie in ihrem neuen Haus angekommen war. Sie betrachtete die kahlen Wände ihres Schlafzimmers. Neben der Tür löste sich ein Stück der weißen Raufaser und Farbe schimmerte hervor. Grasgrün. Wie konnte jemand sein Schlafzimmer grasgrün tapezieren? Middie sprang auf und drückte gegen das lose Stück. Bei näherem Hinsehen erkannte sie, dass die Tapete sich in der ganzen Länge des Türrahmens gelöst hatte. Sie hob sie mit den Fingerspitzen an – eine Urwaldlandschaft mit riesigen Blättern und Ranken mit himbeerroten Blüten kam zum Vorschein.

Urwaldfantasien! Und bevor ein Gefühl auftauchen konnte, das ihr sagte, dass sie sich danach sehnte, hörte sie die Stimme scharfe ihrer Mutter: Trödel nicht.

Middie hastete ins Badezimmer und beeilte sich, obwohl es sicher noch eine Weile dauern würde, bis der Möbelwagen kam. Den Blick in den Spiegel vermied sie. Das Mittlingsgesicht wollte sie heute nicht sehen.

Bei Tageslicht wirkte das Haus längst nicht so einladend wie am Abend zuvor. Schade, nun war es nur ein leeres altes Haus. Doch nur Fantasien und Spinnerein? Ihr Magen zog sich zusammen. Dieses Gefühl kannte sie. Bevor die totale Lähmung sie überfallen konnte, musste sie sich beschäftigen.

Schnell öffnete sie die Terrassentür und trat hinaus. Der Boden war mit grauen Steinen belegt, in den Ritzen wucherte Gras und Löwenzahn. Darum musste sie sich kümmern. In Gedanken machte sich Middie Notizen: *Kleister, Unkraut jäten.* Dafür brauchte sie kein Blatt Papier, das konnte sie im Gedächtnis behalten.

Drei Stufen führten in den Garten hinunter zu einem ehemals englischen Rasen. Es gab nirgends Blumenrabatten, die einzigen Farbtupfer stammten vom Löwenzahn, der sich hemmungslos ausgebreitet hatte.

Gartenwerkzeug, fügte Middie ihrer Liste hinzu. Kampf gegen den Löwenzahn! Wie Früher.

Ein knorriger Apfelbaum wuchs mitten in der Wiese. Ein paar abgebrochene Zweige lagen herum. Middie hob sie auf und suchte nach einem Komposthaufen. Am Ende des Gartens entdeckte sie ihn neben einem Schuppen. Sie warf die Zweige drauf und beschloss, dass er umzuschichten sei. Das Vorhängeschloss des Schuppens war nur lose eingehängt, sie nahm es heraus und öffnete die Tür. Feuchte, muffige Luft schlug ihr entgegen. Der Schuppen war vollgestopft mit Gartenmöbeln, man konnte ihn gar nicht betreten. Die Vorbesitzer mussten sie vergessen haben. Sie zog zwei Metallstühle ins Freie, warf die dazugehörenden Polster beiseite, da sie schwarze Stockflecken hatten, und zerrte den Metalltisch heraus. Abgebürstet und neu gestrichen würde er wieder hübsch aussehen. Middie klopfte sich den Staub von den Händen und sah sich im Schuppen um. Im Halblicht erkannte sie eine Hollywoodschaukel. Langsam ging sie näher, ihr Herz klopfte wild. Der blauweiße Bezug war schmutzig, aber so weit sie sehen konnte, nicht verschimmelt. Mit dem Knie drückte sie gegen die Sitzfläche und erschrak, als sie sich bewegte und gegen die Schuppenwand stieß. Sie räumte die Sitzfläche leer, warf Schaufel, Stöcke und alte Decken hinaus und stand unschlüssig davor. Sollte sie die Hollywoodschaukel in den Garten ziehen? Unter dem Apfelbaum wäre ein wundervoller Platz.

Sie packte das Gestänge und zog, aber die Schaukel rührte sich nicht von der Stelle, wie sehr Middie auch daran herumzerrte. Sie sah genauer hin und konnte erkennen, dass die Metallbeine in den Schuppenboden eingesunken waren. Der Boden bestand aus Lehm und war vermutlich irgendwann nass geworden, und seit der Lehm wieder getrocknet war, saß die Schaukel wie einbetoniert.

Was willst du mit der Hollywoodschaukel, willst du etwa faul herumliegen?, hörte sie die Stimme ihrer Mutter. Warum zerrte sie an einem stinkenden Teil herum, hatte sie nichts Besseres zu tun? Sie brauchte keine Hollywoodschaukel mehr! Mit schnellen Bewegungen warf Middie die Kleinteile wieder in den Schuppen.

Sie umrundete ihr Haus und besah sich die Nachbarschaft. In der kleinen Straße lagen außer ihrem Haus nur zwei weitere. Um eins der Häuser wuchs eine wilde Hecke, die schon lange nicht mehr geschnitten worden war. Die Außenanlage um das andere zweistöckige Gebäude wirkte, als wäre ein professioneller Gärtner damit beauftragt, sie zu pflegen. Die Straße verlief zwischen den anderen beiden Häusern und endete vor Middies Haus, sie hieß zu Recht *Kurze Straße*.

Middie ging hinein, um sich die Hände zu waschen. Ein lautes Rumsen erschreckte sie. Vorsichtig ging sie durch die Wohnung und suchte nach der Ursache. Es gab doch eine Ursache? Das war nicht in ihrem Kopf gewesen. Oder doch? Da entdeckte sie, dass sie die Terrassentür nur angelehnt hatte, und der Wind die Tür nun gegen den Rahmen knallte. Mit zitternden, noch nassen Fingern schloss sie die Terrassentür.

Jetzt beruhige dich mal, gab sie sich selbst den Befehl. Sie presste die Hände gegen die Hosennaht und spannte die Schultern an. Atmen! Langsam gewann sie ihre Fassung wieder. Als ihr Blick wieder klar wurde, bemerkte sie die halbhohe Holzvertäfelung im Wohnzimmer. Das Holz war dunkelbraun und wunderschön gemasert, an einer Stelle klaffte ein dunkler Spalt. War da etwas kaputt?

Sie ging vor dem Holz in die Knie und betastete die Vertäfelung.

Eine Schiebetür! Sie klemmte, aber dann sprang sie auf. Im Inneren lag auf einem Regalbrett ein Stapel Hefte. *Elsi im Glück, Entscheidung am Donnerfluss, Schwester Anne.* Romane, Schundromane, Bahnhofskioskromane. Ihr Vorbesitzer musste sie vergessen haben.

Middie las nie. In ihrer Familie galt Lesen als ein Laster. Müßiggang. Middie hockte sich auf den Boden und schlug den ersten Roman auf. *Elsi im Glück.* Während ihrer Ausbildung hatte geheißen es, sie solle viel lesen, das vergrößere den Wortschatz, aber sobald sich Middie mit einem Buch hinsetzte, jagte ihre Mutter sie hoch: Hast du nichts Besseres zu tun?, und schickte sie zu irgendeiner der Hausarbeiten, die nie enden wollten. Middie lächelte, bis der Möbelwagen kam, gab es nichts zu tun, sie lehnte sich an die Wand, streckte die Beine aus und begann zu lesen.

»*Elsi steckte ihre blonden Haare unter dem weißen Schwesternhäubchen fest und prüfte ihr Gesicht im Spiegel. Im Krankenhausdienst war es nicht erlaubt, Make-up zu tragen. Doch sie brauchte keine Tricks. Ihre Haut schimmerte wie Perlmutt. Sie presste mehrmals die feinen Lippen zusammen, damit sie rot wurden, und lächelte zufrieden.*«

Middie ließ sich in die Geschichte ziehen, nahm schließlich das Heft mit ins Schlafzimmer, legte sich auf dem Schlafsack auf den Bauch und folgte Elsis Weg ins Glück. Bald hatte sie die achtzig Seiten gelesen, setzte sich auf und fasste die Geschichte zusammen:

Elsi war prädestiniert für das Glück. Sie wollte vom Leben nicht mehr, als sich möglichst viel Arbeit aufhalsen und eine ordentliche Frisur. Sie war mit Liebreiz und einer unerschütterlichen Fröhlichkeit ausgestattet. Damit überwand sie die Missgunst der Kolleginnen und gewann alle Herzen – das der grantigen alten Patienten und insbesondere das des nicht mehr ganz so jungen, verbitterten Chefarztes. Middie seufzte, die einfach gestrickte Geschichte rührte sie. Wenn das Leben nur wirklich so einfach wäre.

Sie sah auf ihre Uhr. Acht. Sie hatte Hunger. Wenn sie sich beeilte, konnte sie noch zum Bäcker fahren und rechtzeitig zurück sein, bevor der Möbelwagen kam.

Unschlüssig stand sie neben dem Gartenmäuerchen und sah abwechselnd von ihrem Mietwagen zu einem Family-Van, der die Ausfahrt zur Hälfte versperrte. Sie bezweifelte, dass sie genug Platz zum Hinausfahren haben würde, und drehte den Autoschlüssel in den Händen. Sollte sie im Nachbarhaus klingeln und fragen, ob ihnen dieser riesige Wagen gehörte und sie ihn freundlicherweise wegfahren könnten? Das zweistöckige Haus mit den hohen Fenstern sah hochmütig aus. Hinter den Gardinen regte sich nichts und Middie wollte niemanden stören. Sie seufzte.

»Eine höhere Mauer könnte die Lösung sein, vielleicht auch eine Hecke, aber eine Mauer wäre effektiver. Noch besser wäre es, den Eingang zu verlegen.«

Erschrocken fuhr Middie herum. Eine alte Frau mit langen weißen Haaren hielt ihr einen Kaffeebecher unter die Nase. Sie war einen Kopf kleiner als Middie, ihre grauen Augen musterten sie neugierig und direkt, ihre Hände hatten knotige Knöchel und dicke gelbliche Nägel. Sie trug ein weites, burgundrotes Samtkleid, das Middie an die Schausteller eines Mittelaltermarkts erinnerte.

»Mit Milch und Zucker. Ist das recht so? Ich heiße Freya. Freya Kleinert.« Sie zeigte auf das Haus hinter sich. Es war das Haus mit der verwilderten Hecke. Ihr gehörte der Van sicher nicht.

»Middie Schmid. ... Danke.« Middie nahm den Becher.

Freya hielt eine Bäckertüte hoch. »Magst du Brezeln?«

Middie nippte am Kaffee und nickte verhalten.

Freya lächelte sie an. Sie hatte keine Wimpern mehr und ihre Lidränder waren gerötet.

»Ich habe gesehen, dass du ohne irgendwas angekommen bist, und dachte mir, dass du ja nicht weg kannst, bis der Möbelwagen kommt.«

Die familiäre Anrede irritierte Middie. Und hatte Freya heute Nacht hinter der Gardine gestanden und sie beobachtet?

18

Freya setzte sich auf das niedrige Mäuerchen, das Middies Grundstück umgab, und riss die Bäckertüte auseinander. Sie drehte sich um, schaute über Middies Garten und zeigte dann mit dem Finger die Straße entlang.

»Siehst du, die Straße führt schnurgerade auf dein Haus zu und in der Verlängerung schießt die Energie ungehindert zu deiner Eingangstüre hinein.«

»Welche Energie?«

»Erdenergie. Geomantie. Sagt dir nichts? Das ist sozusagen Feng-Shui auf Deutsch.«

Um nicht antworten zu müssen, nickte Middie und biss ein großes Stück Brezel ab. Esoterik also.

»Wenn du die Haustür aufmachst, kriegst du Arbeit, Probleme und Stress ins Haus. Außer, du änderst etwas, um die Energie umzulenken.«

»Keine Sorge, meine Aufträge werden per Mail zugeschickt.« Das war frech gegenüber einer verdrehten alten Frau, aber Freya schien diese Antwort nicht zu kümmern.

»Ich weiß«, sagte sie. »Der Makler hat erzählt, dass du eine Tippse bist.«

»Texterin«, verbesserte Middie, und weil sie im gleichen Moment fürchtete, unverschämt gewesen zu sein, fügte sie schnell hinzu: »Ich arbeite von zu Hause aus.«

Freya rieb sich über den faltigen Hals. »Ich habe dich gewarnt. Du wirst schon sehen, es ist jedes Mal das Gleiche.«

Ihr Chef faulenzte zwei Wochen in Mallorca am Strand und würde sie sicher nicht mit Aufträgen bombardieren. Sie musste nur ein paar ausstehende Aufgaben abarbeiten. Von Stress konnte also gar keine Rede sein.

»Wie kann sich eine Texterin ein Haus leisten? Da verdient man ja sicher nicht viel«, fragte Freya.

Middie schwieg.

Ja, sie verdiente wenig, aber sie hatte das Geld geerbt – und sie hatte Stevie hintergangen. Aber Stevie hatte es verdient!

»Du läufst vor jemandem weg, nicht wahr? Ich spüre so was.« Freya nickte zufrieden und erwartete gar keine Antwort. Sie knüllte die leere Bäckertüte zusammen und stand schwerfällig auf. »Da kommen deine Möbel. Viel Glück.«

Die nächsten drei Stunden musste Middie nichts anderes tun, als an der Haustür stehen und den Männern zurufen, wohin welches Möbelstück gestellt werden sollte.

»'n Haufen alten Kram haben Sie da«, maulte einer der Möbelträger, als sie fertig waren. Er wischte sich den Schweiß von der Stirn.

»Ist überhaupt viel Zeugs für so ein winziges Haus. Ham sich verkleinert, was?« Der andere grinste breit.

Middie fühlte sich unbehaglich, als er an ihr hinauf und hinunter sah. Sie zog das T-Shirt über den Hüften zurecht und presste die Hände auf die Jeansnaht. Sie spürte, dass sie strammstand, aber sie konnte die Schultern nicht entspannen. Nervös sah sie zur Tür. Endlich trampelten die Männer aus dem Haus. Von der offenen Haustür aus sah sie zu, wie der Möbelwagen aus der Straße hinaus fuhr.

War jetzt alles beendet und abgeschlossen? In einer Woche musste sie den Mietwagen abgeben, dann hatte sie alle Brücken abgebrochen. Sie wollte die Haustür schließen, doch die Männer hatten mehrere Kartons davor abgestellt. Middie zerrte daran. Ungeschickt packte sie den obersten Karton. Er war zu schwer für sie und zu weit oben. Sie stieg auf einen anderen und versuchte, ihn hinunter zu heben. Er rutschte aus ihren Händen und der Inhalt fiel heraus.

Ein Fotoalbum breitete sich zu ihren Füßen aus. Middie hockte sich davor und betrachtete die vergilbten Bilder aus den 60ern. Sie sah sich lachen. Aus einem ihrer Zopfgummis war ihr glattes Haar herausgerutscht. Sie hatte eine breite Zahnlücke in der Mitte, alle vier Schneidezähne waren ihr zugleich ausgefallen. Und daneben Stevie. Sie wollte unbedingt, dass Middie spuckte. »Weiter!«, hatte sie geschrien und vor Freude ein Rad geschlagen, wenn die Tröpfchen flogen.

Middie legte die Hände auf den Mund, damit sie nicht losschrie vor Wut, Enttäuschung und Einsamkeit. Sie biss fest in ihren Handballen und erstickte den Schrei im Ansatz.

Beherrsche dich!, hörte sie die Stimme ihrer Mutter. Sofort versuchte sie sich zu fassen. Sie ließ die Hände sinken, straffte die Schultern und atmete ganz flach, bis der Gefühlsaufruhr sich gelegt hatte. Noch immer zitternd räumte sie die Haustür frei, schloss sie sorgfältig und begann die ersten Kartons auszuräumen.

Arbeit, anstrengende körperliche Arbeit war ihr Heilmittel gegen unerwünschte Gefühle. Sie räumte Bücher in Regale, Geschirr in Schränke und hängte Gardinen auf. Nur nicht nachdenken, nur nicht nachdenken, und allmählich bekam sie sich wieder in den Griff. Alle Gefühle verschwanden und sie arbeitete wie eine Maschine.

Nachmittags fuhr sie ins Ortszentrum und kaufte ein paar Lebensmittel und Putzmittel ein. Nach einem schnellen Mittagessen aus Brötchen mit Salami räumte sie weiter Kisten aus.

Etwas später hielt sie den silbernen Bilderrahmen mit der Fotografie ihrer Mutter unschlüssig in der Hand. Wohin damit? Sie stellte ihn auf die Kommode im Wohnzimmer. Räumte ihre Sachen hierhin und dahin und statt Ordnung entstand immer mehr Chaos. Es schien ihr, als wären die Schränke zu klein geworden. Sie hatte das Gefühl, die Augen ihrer Mutter verfolgten sie und kritisierten ihr Tun.

Ärgerlich nahm sie das Bild und polierte das Glas mit dem Zipfel ihres T-Shirts. Die Frau darauf sah aus wie alle Mütter Anfang der 60er Jahre. Sie trug ein schlichtes Kleid mit rundem Ausschnitt und eine kurze Perlenkette, die Haare seltsam aufgetürmt. Middie konnte sich nicht an diese Zeit erinnern, sie war damals noch klein gewesen. Aber sie kannte den Gesichtsausdruck ihrer Mutter gut. Die Augen schauten eisig, ihre Lippen hatten sich gerade nach einer Rüge geschlossen, da war sich Middie sicher; ihre Mutter hatte immer streng gesprochen. Langsam drehte sie den Bilderrahmen um und stellte ihn so auf der Kommode ab, dass die Mutter zur Wand sah. Ihre Hände zitterten. Schnell presste sie sie auf die Jeansnaht und stand stramm. Sie erwartete, dass der Boden sich auftun und sie verschlingen würde.

Nichts geschah.

Sie lauschte auf die Geräusche des Hauses. Wieder hatte sie das Gefühl, als summten die Wände eine Melodie. Die Glühbirne flakkerte.

Middie öffnete blitzschnell die Kommodenschublade, warf das Bild hinein und knallte die Schublade zu, als sei sie heiß.

Ellen

Ein wildes Klopfen an der Haustür weckte Middie. Erschrocken fuhr sie im Bett hoch und brauchte einen Moment, bis sie erkannte, dass sie in ihrem neuen Haus im Bett lag. Die Straßenlaterne warf einen Lichtstreifen ins Zimmer und Middie wunderte sich, dass sie wieder nicht die Läden geschlossen hatte. Zu Hause, bei ihrer Mutter, wäre ihr das nicht passiert. Sie horchte mit angehaltenem Atem. Der Wecker stand auf 1 Uhr. Schritte erklangen auf den Stufen vor dem Haus. Das Klackern stammte von hohen Absätzen, also eine Frau. Jemand klopfte an die Fensterscheibe. Middie erstarrte. Dann sah sie, wie draußen eine Weinflasche hin und her geschwenkt wurde.

»Nun machen Sie schon auf!«

Eine weibliche Stimme. Das war doch nicht Freya? Middie ging zum Fenster und spähte hinaus. Auf dem Rasen stand eine dunkelhaarige Frau und winkte ungelenk mit der Weinflasche. Middie schloss die Haustür auf.

»Ist etwas passiert?«, fragte sie halblaut. Hoffentlich stand Freya nicht am Fenster und beobachtete alles.

Die Frau lachte. »Ich will mit Ihnen auf gute Nachbarschaft anstoßen!«

Mit wackligem Schritt kam sie die Treppe herauf und Middie erkannte, dass sie schon eine Menge getrunken haben musste. Der Duft nach einem wilden Parfüm hüllte Middie ein und überflutete sie mit Traurigkeit, als die Frau sich einfach an ihr vorbei ins Haus drängte. Mittlingsdasein. Sie schloss den obersten Knopf ihres Oberteils und war sich sicher, dass die Nachbarin hauchfeine Nachthemden trug oder womöglich gar nichts, aber auf jeden Fall keine verwaschenen Schlafanzüge. Middie folgte der Frau, die sich in ihrem Haus bewegte, als würde sie sich auskennen. Sie tätschelte im Vorbeigehen die Kommoden im Flur, warf einen Blick ins

Wohnzimmer und steuerte dann schnurstracks die die Küche an, wo sie das Licht einschaltete und die Türen des Küchenschrankes öffnete.

»Keine Weingläser?« Sie nahm zwei Saftgläser heraus, weil Middie keine anderen besaß, und ließ die Schranktüren offen stehen. Als sie sich umdrehte, bemerkte Middie den tiefen Ausschnitt ihres blauen Kleides. Die Nachbarin stellte die Gläser ungeschickt auf dem Tisch ab und goss Wein hinein. Als sie sich vorbeugte, klimperten die vielen Anhänger an ihrer langen Kette. Sie plumpste auf einen Stuhl und hielt Middie ein Glas entgegen.

Middie nahm es zögernd und blieb stehen.

»Nun seien Sie doch nicht so ungemütlich! Zum Wohl! Ich heiße Ellen Hoffmann«, sagte sie und trank. »Wie heißen Sie nochmal? Schmid?«

Middie nickte und nippte am Glas. Am frühen Abend war Ellens Frisur vermutlich ein locker aufgesteckter Knoten gewesen, aber jetzt war ihr dunkles Haar zerzaust. Das seidige Kleid hatte keine Ärmel, sondern war über den Schultern gerafft. Am Saum, der knapp über das Knie reichte, wippten die Fransen, als sie ihre Beine übereinanderschlug. Sie trug feine Riemchenschuhe. Weder besaß Middie solche Schuhe, noch hatte sie je Gelegenheit gehabt auf ein Fest zu gehen, bei dem eine derartige Aufmachung gewünscht gewesen wäre. Das ist billig, hörte sie die Stimme ihrer Mutter.

Ellens Wimperntusche war verschmiert und nun traten auch noch Tränen in ihre blauen Augen, sie schniefte.

»Wissen Sie, ich habe auch was zu feiern. Ich hab diesem Kerl den Laufpass gegeben. Ich weine nicht, auf keinen Fall, ich bin froh, dass ich es getan habe.«

Middie seufzte, sie war müde, alle Muskeln schmerzten, weil sie den ganzen Tag Kisten hin und her geschoben und ausgepackt hatte, und nun saß eine betrunkene Frau mit Liebeskummer in ihrer Küche und hielt sie vom Schlafen ab. Sie sollte Ellen hinauskomplimentieren. Middie nahm ein Päckchen Tempos aus der Schublade. Sie freute sich, dass sie gleich wusste, wo sie waren. Ansonsten herrschte im Haus ein grauenhaftes Durcheinander; sie hatte es nicht geschafft, ihre Sachen ordentlich zu verstauen.

Ellen nahm das Päckchen und klopfte mit unkontrollierten Bewegungen auf der Tischplatte herum.

»Nein, ich weine nicht um den Mann! Er ist es nicht wert.« Ellen zupfte ein Taschentuch aus der Packung und wischte sich über die Augen. Die Wimperntusche verschmierte noch mehr. Sie schnäuzte sich und warf das Taschentuch auf die Tischplatte.

»Ich habe ihm den Laufpass gegeben, ja, das habe ich. Und das muss ich feiern. Ich warte nicht mehr auf seine Anrufe, damit ist Schluss ...«

Middie trat von einem Fuß auf den anderen. Sie stellte das Glas auf den Tisch und verschränkte die Arme.

»Es war genau richtig«, sagte sie. »Und nun schlafen Sie sich ordentlich aus und morgen sieht der Tag schon wieder anders aus, Sie werden sehen. Kommen Sie, ich bringe Sie nach Hause.«

Ellen stützte sich beim Aufstehen auf Middies Arm.

»Es ist so nett, eine Freundin zu haben. Sie sind doch meine Freundin, oder?«

Middie nickte, was sollte sie einer Betrunkenen schon sagen? Morgen wusste Ellen bestimmt nicht mehr, was sie erzählt hatte. Ellen blieb an der Schlafzimmertür stehen und sah hinein.

»Ganz schön viele Sachen haben Sie.« Sie begann zu kichern. »Das reinste Museum. Wo gibt es denn noch so alte Möbel?« Sie strich mit der Hand über eine Schranktür.

Middie antwortete nicht, sie kannte die Reaktionen der Leute, wenn sie ihre Wohnungseinrichtung sahen. Seit Jahren lebte sie mit den antiken Stücken ihrer Eltern und Großeltern. Es waren solide Möbel, die für die Ewigkeit gebaut worden waren, und Middie war zur Sparsamkeit erzogen worden.

Als sie die Treppe hinunter gingen, taumelte Ellen und stieß gegen Middies Seite, wieder stieg ihr Parfüm in Middies Nase, während die braunen Locken sie im Gesicht kitzelten. Sie packte Ellen um die Taille, damit sie nicht stolperte, und spürte einen festen und doch fraulich weichen Körper. Auf den Steinplatten angekommen, lockerte Middie ihren Griff und testete, ob Ellen alleine gehen konnte. Sie konnte. Ellen strich die Haare aus der Stirn und blieb stehen.

»Danke, dass Sie mir zugehört haben. Das hat gut getan. Wollen wir morgen Eis essen gehen? Ich lade Sie ein, als Entschädigung sozusagen für die nächtliche Störung.« Ellen versuchte, Middie anzusehen, aber ihr Blick schwankte.

Middie zögerte.

»Ach, kommen Sie. Mögen Sie kein Eis? Wir können auch Pizza essen gehen. Ich würde Sie ja zu mir einladen, aber ich kann nicht besonders gut kochen. Ich kann es nicht leiden, in der Küche zu stehen. Sie?«

»Ich hab noch so viel zutun ... mit dem Einrichten ...«

»Dann übermorgen, am Mittwoch. Also, abgemacht.« Ellen hatte Middies Reaktion als Zusage aufgefasst. »Kommen Sie um ein Uhr. Holen Sie mich einfach ab, okay?«

»Ja, in Ordnung«, antwortete Middie und dachte, dass Ellen die Verabredung vergessen würde.

»Ich hoffe, Sie fühlen sich wohl bei uns. Was machen Sie eigentlich mit dem dritten Zimmer?« Ellen schwenkte den Arm über Middies Haus und Grundstück.

»Welches dritte Zimmer?«

»Na, das hier.« Ellen zeigte auf das Fenster links neben der Haustür.

Middie starrte auf die schwarze Scheibe. Wie konnte sie ein ganzes Zimmer übersehen haben? Hatte der Makler ihr diesen Raum vorgeführt? Sie erinnerte sich nicht. Wo lag die Tür? Gleich links im Flur befand sich die Garderobe. Danach kam das Badezimmer. In Gedanken zeichnete sie einen Grundriss des Hauses. Ellen hatte recht, und außerdem war da ein Fenster. Wie hatte sie es ansehen, aber nicht registrieren können? Es gab ein weiteres Zimmer!

Ellen redete weiter, sie hatte Middies Verwirrung nicht bemerkt.

»Kinder haben Sie ja keine, da brauchen Sie kein Kinderzimmer. Seien Sie froh, die Gören können einem auch das Herz brechen. Okay, ich geh dann mal. Gute Nacht.«

Sie umarmte Middie. »Sie sind eine ganz Nette.«

Middie sah Ellen hinterher, die auf den hohen Absätzen zu ihrem Haus stolperte. Sie spürte eine eigenartige Mischung aus Bewunderung und Widerwillen beim Anblick der schwingenden Hüften. Frierend legte sie die Arme um den Köper und wandte sich wieder ihrem Haus zu.

Der Zugang zu diesem dritten Zimmer konnte nur hinter der Garderobe liegen. Sie hängte die Mahagoniplatte aus und fand tatsächlich eine Tür. Sie zögerte einen Moment, was würde sie erwarten? Mäuse, Spinnennetze oder Schlimmeres?

Sie öffnete die Tür und schaltete das Licht an.

Ein leeres Zimmer lag vor ihr.

Middie war enttäuscht. Ein verborgener Raum sollte Überraschungen bieten, dachte sie und ging ein paar Schritte umher. Das Zimmer war genauso groß wie das Schlafzimmer. Auf dem Boden lag das gleiche Parkettholz wie im Rest des Hauses, und die Wände waren weiß tapeziert, alles war sauber.

So viel Platz. Leerer Raum. Stauraum!

Und plötzlich wusste sie, was sie tun wollte. Es war entsetzlich spät, aber Middie spürte keine Müdigkeit mehr, die Aussicht, sich alles vom Leib schaffen zu können, was ihr im Weg stand und für was sie keinen Platz gefunden hatte, erfüllte sie mit Euphorie. Sie schob mehrere unausgeräumte Kisten hinein. Sie räumte und wuchtete, zog und zerrte an Kommoden und Schränken und verfrachtete so viel in das dritte Zimmer, bis darin kein Zentimeter Platz mehr frei war. Nach einer Stunde schloss Middie die Tür und lehnte sich zufrieden dagegen.

Sie sah den leeren Flur entlang.

Wunderbar!

Das Wohnzimmer war nur noch mit einem Sofa, Sessel und einer Kommode möbliert. Am Fenster stand ein kleiner Tisch, der reichte als Arbeitsplatz völlig aus. Nur das kleinste Bücherregal hatte sie stehen gelassen. Im Schlafzimmer genügte das Bett, daneben ein Nachttisch und ein Schrank. In der Küche ließ sie den Tisch und zwei Stühle stehen, mehr brauchte sie nicht.

Bevor sie ins Bett ging, hängte sie die Mahagonigarderobe wieder an die Haken.

Herrlich dachte sie, als sie im Bett lag und die zusammengelegten Hände unter die Wange schob.

Ich bin frei.

Akrobatik

Stevie stand am Waschbecken in der Bahnhofstoilette und besah sich im Spiegel. Die rote Fliege um ihren Hals hing ein wenig schlaff über dem ausgeleierten Ausschnitt ihres T-Shirts. Der Kragen des blau-grün karierten Jacketts war speckig, aber das sah man nur aus der Nähe. Mit einem Kamm strich sie ihre blonden Haare nach hinten. Die einzelnen grauen Strähnen darin störten sie nicht, das gab ihr ein würdiges Aussehen, fand sie. Außerdem war das Licht hier schrecklich, deswegen sah sie so dünn aus. Als sie die Dose mit dem Festiger schüttelte und Schaum herausdrückte, schwang die Tür auf, und eine Putzfrau schob ihren Wagen herein.

Sie stutze kurz, musterte Stevie.

»Sie gehören doch auf's Männerklo!«, schnauzte sie dann, wie nicht anders zu erwarten.

Mit vierzehn hatte Stevie sich gewünscht, ihr würde ein Bart wachsen, damit sie ungestört auf die Männertoilette gehen könnte; heute, mit vierzig, waren die Leute selten irritiert von ihrem Aussehen, die meisten hielten sie für einen Mann – trotzdem ging sie auf die Damentoilette. Es war weniger gefährlich.

»Ich bin hier schon richtig«, sagte sie.

Die Putzfrau wandte sich missmutig ab und begann mit ihrer Arbeit.

Stevie blies die Wangen auf und stieß hörbar die Luft aus, während sie mit den Fingern den Festiger ins Haar knetete.

Wie eng die Leute im Kopf waren! Männer sollten so aussehen, Frauen so. Sie war Stevie. Punkt. Keine weiteren Erklärungen.

Im Spiegel kontrollierte sie noch einmal ihr Aussehen. Ihr Körper war fit wie immer und ihr Kapital. Auch wenn es dressiertes Kapital war.

Sie nahm ihren Koffer und den roten Eimer in die eine Hand, das Gestänge klemmte sie unter den anderen Arm und drückte die

Tür der Bahnhofstoilette auf.

Sie hörte die Sohlen ihrer Chucks auf dem Fliesenboden quietschen und dachte daran, dass sie im Secondhand-Laden nach anderen suchen sollte, diese hatten ein Loch.

Kaum hatte sie die Bahnhofshalle betreten, spürte sie die Blicke der Leute auf sich und aktivierte ihr strahlendstes Lächeln. *Zauberlächeln* nannte es Middie, und als Stevie daran dachte, wurde ihr schwer ums Herz. Sie hüpfte trotzdem ein bisschen, weil es zu ihrer Aufmachung passte und winkte einem kleinen Mädchen zu, das aber grimmig zurückstarrte. Stevie hasste kleine Kinder, sie waren die einzigen, die sich nicht täuschen ließen.

But the show must go on.

In der Fußgängerzone suchte sie nach einem leerstehenden Geschäft und begann, davor ihren Auftritt vorzubereiten. Die ersten Passanten blieben stehen.

Sie steckte eine zwei Meter lange Stange zusammen und drehte die Schrauben des Gitters fest, das oben die Balancierfläche bildete. Sie war so groß wie die Sitzfläche eines Stuhls. Dann spannte sie zwei Seile: eins von der Stange zu einer Laterne und eines von der Stange zu einer Säule vor dem Laden. Das dritte Seil hing lose herab.

Nun konnte es losgehen.

Die Passanten hatten bereits einen Kreis um sie gebildet.

»Wunderbar«, rief Stevie, »ich habe Zuschauer beim Arbeiten. Sie können nun gerne Ihr Geld in den roten Eimer werfen, ich bin fertig.«

Die Leute lachten, als Stevie den Eimer hochhob. Dann überredete sie einen jungen Mann, ihr zu helfen, legte ihm einen Gurt um den Oberkörper und hakte das dritte Seil der Stange mit einem Karabinerhaken darin ein. Wenn der Mann sich zurücklehnte, brachte er die Stange ins Gleichgewicht und durch die Spannung stand die Stange gerade.

»Geht´s dir gut, Kumpel? Ich lege mein Leben in deine Hände.«

Der junge Mann schwitzte auf der Stirn, aber Stevie lächelte ihm aufmunternd zu, er würde die Stange aufrecht halten, und wenn nicht, dann war das eben das Ende, irgendwann musste es ja kommen. Stevie spürte eine Verkrampfung um ihre Mundwinkel, schnell zog sie eine Schnute und lockerte sie wieder.

Lächeln, egal, was geschieht, das war das Wichtigste.

Geschwind kletterte sie die drei Meter hoch und rutschte augenblicklich wieder hinunter. Mit einem eleganten Sprung und ausgebreiteten Armen landete sie auf dem Asphalt.

Die Zuschauer klatschten. Mit Zufriedenheit bemerkte sie, dass die Leute sie inzwischen in mehreren Reihen umringten. Die Kasse könnte voll werden.

»Meine Damen und Herren, ich werde Ihnen nun an dieser bescheidenen Stange ein Kunststück vorführen! Ich werde hinaufsteigen bis zu der kleinen Plattform und mich kopfüber in diesen Eimer stürzen!«

Die Leute lachten.

»Sie glauben mir nicht? Sie halten es für einen Scherz? Oder fürchten Sie, ich könnte im Eimer ertrinken? Ich werde Ihnen beweisen, dass es möglich ist, ohne Netz und Airbag zu landen.«

Die Gesichter der Zuschauer zeigten amüsierte Neugier. Stevie liebte diesen Anblick. Alle Augen waren auf sie gerichtet, die Kinder blieben zwar verhaltener als die Erwachsenen, aber auch sie würde sie noch gewinnen.

Das Spiel begann.

»Meine Herrschaften, bevor ich den Todessprung wage, brauche ich Ihre Unterstützung. Wo ist eine schöne Frau, die kreischen kann? Bitte, eine schöne Frau zu mir!«

Niemand rührte sich, die Frauen sahen verlegen oder kichernd zur Seite.

»Keine da? Macht nichts. Dann eine hässliche Frau, die kreischen kann.«

Alles lachte.

»Na gut, wie ist es mit einem jungen Mann, der kreischen kann?

Du? Kreisch mal!« Stevie beugte sich zu einem etwa Achtjährigen mit wachen Augen.

Der Junge sah erst zu seiner Mutter, sie nickte, dann kreischte er aus vollem Hals. Stevie fiel in gespieltem Schreck nach hinten und verwandelte ihren Fall in eine Rückwärtsrolle, sprang sofort wieder auf die Beine und verbeugte sich vor dem Kind.

»Göttlich, wirklich wunderbar. So, nun nimmst du die Rosen, und wenn ich es dir sage, dann kreischst du zuerst und danach wirfst du die Blumen zu mir, okay?«

Sie streckte dem Jungen einen Bund Plastikrosen hin. Der Kleine nickte eifrig. Stevie übte mit den Zuschauern die Zurufe, Pfiffe und das Klatschen, das sie von ihnen verlangte. Alle spielten mit.

Angefeuert kletterte sie die Stange rauf und runter, überschlug sich und überraschte die Zuschauer mit ihrer Akrobatik. Sie konnte sich mit einer Hand festhalten, die Zehen gegen die Stange drükken und einen Arm und ein Bein abspreizen. Der Applaus war ihr sicher. Ein Raunen ging durch die Menge, als sie sich allein mit der Kraft ihrer Arm- und Rückenmuskeln waagrecht von der Stange wegstreckte.

Stevie hockte sich auf die Plattform und sah die Zuschauer wie kleine Kinder zu ihr hochstarren. Ich bin der König über dieses Reich, dachte sie. Immerhin eine Viertelstunde. Theatralisch holte sie eine billige rote Plastikschwimmmütze aus der Tasche und zog sie über den Kopf. Die Lacher waren ihr sicher angesichts des kleinen Eimers am Boden. Sie turnte noch eine Weile herum, um die Spannung zu steigern, und dann, als vermutlich keiner der Zuschauer mehr glaubte, dass sie wirklich in den Eimer springen würde, rutschte sie kopfüber die Stange hinunter. Sie spürte das Eisen heiß an ihren Innenknöcheln, presste die Beine zusammen und stoppte die rasante Fahrt zehn Zentimeter über dem Boden. Ihr Kopf steckte im roten Eimer. Gleich sprang sie auf die Füße, riss sich die Bademütze vom Kopf und verbeugte sich mehrmals.

Die Zuschauer klatschten und warfen Münzen in den Eimer.

Eine junge Frau warf ihr einen langen Blick zu, den sie zwinkernd erwiderte. Ein älterer Herr wollte ihre Oberarme berühren und quasselte irgendetwas von früher.

Stevie wich vor ihm weg und wünschte mit einem Schlag, die Leute würden verschwinden. So war es jedes Mal: Während der Show erlebte sie ein Hochgefühl, das sie berauschte, aber gleich nach dem Finale platzte alles wie eine Seifenblase. Hier gab sie nur den Affen, das war keine richtige Bühne.

Schnell packte sie ihre Sachen zusammen, schraubte die Stange auseinander und schüttete das Geld in einen Beutel. Die Summe entschied, wann sie wieder auftreten musste. Als sie ihren Koffer nehmen wollte, fiel ihr Blick auf einen Fetzen Zeitungspapier am Boden.

Das war doch Middie!

Auf einem Foto war ihre Schwester im Begriff, einen Laden zu verlassen. Stevie sah genauer hin. Middie war fast aus dem Bild gelaufen, hatte vermutlich nicht bemerkt, dass die Besitzerin des neueröffneten Ladens fotografiert worden war. Stevie erkannte sie an ihrer Haltung. Sie presste im Gehen die Hände auf die Jeansnaht und zog die Schultern hoch. Das war typisch für sie.

Stevie überflog den Artikel. Stuttgart-Heumaden. Hier versteckst du dich also, dachte sie, und zum ersten Mal seit langer Zeit breitete sich ein echtes Lächeln auf ihrem Gesicht aus.

Auf dem Weg zum Bahnhof zählte Stevie das Geld.

Middie!

Die Zeitung war von heute, der Artikel berichtete von einer Neueröffnung, die am Vortag stattgefunden hatte. Schnell fand sie mithilfe der Tafel des Nahverkehrsnetzes heraus, wie sie nach Heumaden kommen konnte.

Wenn jemand verschwinden wollte, dann doch möglichst weit weg von zu Hause, aber so war Middie nicht, sie war hier, nur 100 Kilometer von zu Hause entfernt.

Mehrfach hatte Stevie in den letzten Tagen versucht, sie anzurufen, aber nur eine Stimme gehört, die ihr mitteilte, dass unter dieser Nummer kein Anschluss mehr existierte. Sie hatte sich selbst verflucht, dass sie nicht früher auf die Benachrichtigung von Mutters Tod reagiert hatte. Aber jedes Mal, wenn sie ihr Postfach in Berlin geleert hatte, schob sie das Lesen der Briefe tagelang auf. Seit Jahren stand sinngemäß immer das Gleiche darin: *Wann kommst du? Mutter ist krank. Ich warte auf dich, hol mich hier raus.* Erst der letzte Brief hatte sie aufgeschreckt, denn er klang anders: *Mutter tot, Haus verkauft. Leb wohl.*

Seitdem war Stevie in Panik. Wann hatte Middie den Brief geschrieben? Auf dem Poststempel konnte sie kein Datum ausmachen. Unruhig war sie in den Süden gereist und hatte in Stuttgart nur Halt gemacht, weil ihr das Geld ausgegangen war. Sie hatte nach Hause fahren und die Nachbarn nach Middies Verbleib fragen wollen. Welch seltsamer Zufall hatte ihr diesen Zeitungsfetzen geschickt?

Das Geld reichte für ein neues T-Shirt und das Ticket konnte sie auch bezahlen.

Heute war ihr Glückstag.

Sie hatte Middie gefunden!

Die Ordnung

Middie wusste nichts mit sich anzufangen. Sie fühlte sich innerlich leergeräumt, seltsam leicht – ein ungewohntes Gefühl. Sie ging durch die Räume und bewunderte den minimalistischen Einrichtungsstil, der nun plötzlich herrschte. Die Garderobe streifte sie nur mit einem flüchtigen Blick, sie wollte nicht an die Dinge erinnert werden, die sie ins dritte Zimmer geschoben hatte. Unerledigtes, Unaufgeräumtes, so etwas durfte es nicht geben, das hatte ihr die Mutter beigebracht.

Bevor die Unruhe wieder in ihr hochsteigen konnte, nahm sie ihre Tablette und suchte das Putzzeug zusammen. Sie begann mit den Fenstern, wusch auch die Kacheln im Bad ab, schrubbte den Küchenboden und verteilte sorgsam Parkettpflegemittel. Es dauerte lange, bis sie die vielen Leisten der dunklen Holzpaneelen im Wohnzimmer mit Öl eingerieben hatte, aber sie hörte erst auf, als alles frisch roch und glänzte.

Abends duschte sie schnell und wusch sich hastig die Haare. Als sie am Küchentisch saß und ihr Brot mit Käse und Tomaten aß, war das leichte, unbeschwerte Gefühl vom Vormittag verschwunden. Das Haus wirkte leer und sie fühlte sich einsam. Sie hatte so sehr gehofft, diesen Stimmungen entkommen zu können. Aber nun war alles wie immer, und sie sehnte sich nur danach, dass der Tag zu Ende ging, wollte nur schlafen und auf einen besseren Tag hoffen.

Vom Schlafzimmerfenster aus sah sie zu Freyas Haus hinüber. Zwischen dem blühenden Goldregen und den Bougainvilleahekken, die in der Nachtluft intensiver dufteten, sah sie Licht in einem Fenster. Die alte Frau war noch wach.

Kurz vor 22 Uhr legte sich Middie ins Bett, schob die zusammengelegten Hände unter die Wange und lauschte in die Dunkelheit. Die Wände summten. Endlich schlief sie ein.

Im Nebel verschwinden

Nach zwanzig Minuten Fahrt stand Stevie auf dem Bahnsteig und erblickte um sich herum nur Wiesen und Felder. Die Haltestelle lag abseits des Ortszentrums von Heumaden. Middie lebte wieder in einem Dorf, auch wenn es ein Ortsteil von Stuttgart war. Das passte zu ihr, sie blieb gerne am Gewohnten hängen. Stevie dagegen suchte die Veränderung, wollte alles Frühere hinter sich lassen und es zog sie in die Großstädte.

Als sie eine Frau nach dem Weg zum Ortszentrum fragte, starrte diese erst auf ihr buntkariertes Jackett, dann auf ihren Koffer und antwortete nur unwillig. Stevie war froh, dass sie das Gestänge am Hauptbahnhof eingeschlossen hatte.

Wie würde Middie auf sie reagieren?

Energisch ging sie los. Middie. Sie hatten nur sich gehabt, niemanden sonst. Jahrelang. Stevies Herz wurde schwer bei der Vorstellung, ihre Schwester nie mehr sehen zu können. Diesen Schmerz würde sie nicht aushalten. Sie hatte sich immer an dem Gedanken festgehalten, dass sie bald wieder zu ihr fahren würde. Ihre Schwester war alles, was sie hatte, sie war ihre Heimat, ihre Vergangenheit und ihre Zukunft. Ohne sie war Stevie nichts.

Sie setzte den Koffer ab und starrte auf den Asphalt. Ihre Stimmung war auf dem Nullpunkt. In Wahrheit war sie acht Jahre nicht mehr bei ihr gewesen.

»Du siehst aus, als könntest du einen Kaffee gebrauchen«, sagte jemand neben ihr.

Stevie lächelte sofort, als sie den Kopf hob und die alte Frau mit dem Fahrrad erblickte. Das grüne Kleid und die üppige Silberkette erinnerten sie an die Schausteller des Zirkus', mit dem sie eine Zeitlang herumgezogen war.

»Und einen Kuchen dazu«, antwortete sie.

»Na, das ist doch was. Komm mit. Ich wohne nicht weit von

hier. Mein Name ist Freya. Freya Kleinert.«

»Stevie.«

»Nur Stevie?«

»Ja, nur Stevie. Ich mache Akrobatik.«

»Ah! Dachte ich es mir doch, dass du ein Künstler bist.«

Stevies Stimmung besserte sich ein wenig, als sie den anerkennenden Klang in Freyas Stimme hörte. Zu oft fühlte sie sich wie ein Trickbetrüger.

Sie nahm Freya das rote Fahrrad ab, legte ihren Koffer auf den Weidenkorb am Gepäckträger und schob es die Straße entlang. Sie mussten nicht weit gehen, unweit der Felder kamen sie zu einer schmalen Straße ohne Gehsteige. Der Asphalt war mehrfach geflickt und rissig, überall spross Unkraut aus den Ritzen. Nur drei Häuser standen hier. Die Alte ließ Stevie in einen Garten voller blühender Büsche vorangehen.

»Du hast Glück«, sagte Freya, als sie die Haustür öffnete. »Ich habe heute Morgen gebacken.«

Ihr Haus war über und über mit einem blühenden Kraut bewachsen. Der Garten verwildert, die Haustür unverschlossen, diese Frau lebte so frei und ungezwungen, wie sie sich fühlen wollte.

Drinnen sah es nicht anders aus. Der Flur und die Küche waren so vollgestopft mit Dingen, dass Stevie der Kopf schwirrte und sie nur einzelne Gegenstände wahrnehmen konnte, die wie von einem Spot beleuchtet aus dem Wirrwarr auftauchten. Das Bild eines Soldaten in Uniform aus dem Zweiten Weltkrieg, eine Unmenge von Gläsern und Töpfen, ein Zopf aus Knoblauchknollen und viele Bücher.

Freya stellte Tassen auf den Tisch und schenkte Kaffee ein, der schon fertig war – als hätte sie Stevie erwartet. Die weiße Kaffeemaschine blitzte seltsam neumodisch zwischen den Kräuter- und Gewürzgläsern hervor. Freya schnitt einen Rührkuchen auf und legte ein großes Stück vor Stevie auf eine Serviette.

Stevie bedankte sich und spürte beim Hineinbeißen, wie viel

Hunger sie hatte.

»Deine Chakren sind blockiert«, sagte Freya.

Stevie hielt mit dem Kauen inne und starrte die alte Frau an.

Freya schüttete Milch in ihren Kaffee und informierte sie mit zusammengekniffenen Augen: »Besonders das Herzchakra. Hast du Liebeskummer?«

Stevie schüttelte den Kopf. »Kannst du Hellsehen?«

»Beruhige dich, ich sehe schon, dass du unschuldig bist.«

Stevie runzelte die Stirn. Unschuldig! Wenn die Alte das von ihr denken wollte. Vielleicht würde sie ihr ein paar Nudeln kochen oder sogar ein Stück Fleisch braten. Ihr Magen knurrte laut. Stevie senkte gespielt schüchtern den Kopf und sah Freya von unten an. Der Dackelblick zog immer bei älteren Damen. So konnte sie an ihren Mutterinstinkt appellieren.

»Armer Junge«, sagte Freya prompt. »Du bist wohl schon lange unterwegs?«

Stevie nickte und trank den Kaffee in einem Zug leer. Heute also die armer-Junge Rolle.

»Ist das dein Mann?«, fragte sie und zeigte auf das Foto des Piloten.

Wenn sie die Alte daran erinnerte, wie es war, einen Mann im Haus zu haben, dann erinnerte sie sich vielleicht auch schneller daran, dass ein Mann versorgt werden musste.

»Er ist tot.« Freya wirkte nicht betrübt.

»Tja, manche vermisst man nicht.« Stevie dachte dabei an ihr Verschwinden – damals.

Freya stellte eine Schüssel mit Kartoffeln vor Stevie hin und gab ihr ein Messer. Ein bisschen musste sie also für das Abendessen arbeiten. Sie begann geschickt mit dem Schälen, denn es gab kaum eine Arbeit, die sie noch nicht gemacht hatte. Freya klopfte zwei Schnitzel platt, bevor sie sie in Ei und Semmelbröseln wendete. Stevie lief das Wasser im Mund zusammen. Während Freya einen Gurkensalat zubereitete und die Kartoffeln kochte, legte sie die Füße auf einen Schemel, räkelte sich auf dem Sofa und gähnte; langsam entspannte sie sich. Die Küche der Alten war gemütlich, sie wollte den Gedanken daran, wo sie die Nacht verbringen würde, solange wie möglich hinausschieben.

Während des Essens wurde Stevie warm vom Trollinger, den ihr Freya großzügig einschenkte. Sie zog ihr Jackett aus und krempelte die Ärmel hoch.

Freya sah auf ihre Unterarme.

»Du trainierst wohl viel?«, fragte sie.

Stevie nickte und ballte die Fäuste. »Das bringt mein Beruf so mit sich.«

»Ich hab noch nie einen Akrobaten kennengelernt. Ein seltener Beruf. Wie bist du dazu gekommen?«

»Schon als Kind konnte ich nicht genug kriegen von den Artisten. In meinen Augen waren es die wagemutigsten Menschen, die ich je gesehen hatte.«

Freya nickte und Stevie fühlte sich ermuntert weiterzusprechen. Schon lange hatte ihr niemand mehr zugehört, also redete sie, ohne viel nachzudenken, drauflos.

»Weißt du, sie wagen nicht nur etwas in der Arena, sondern in ihrem Leben. Sie fügen sich nicht in die Konventionen. Alles, was ich als Spießbürgertum verachte, das lehnen sie auch ab.«

Stevie legte gesättigt das Besteck beiseite, schenkte Wein nach und gefiel sich darin, die alte Frau zu unterhalten. Freya sah sie aufmerksam an, lächelte, nickte und bestaunte sie auch ein wenig. Stevie wusste, dass sie Charme hatte, und sie war süchtig danach, das Leuchten in den Augen des Gegenübers zu sehen, dann wurde ihre Sprache noch flüssiger, ihre Formulierungen farbiger, sie lächelte viel und unterstrich ihre Erzählung mit ausholenden Bewegungen.

»Mein Schlüsselerlebnis war eine Akrobatenfamilie, die Kunststücke auf einer Wippe vorführte. Sie stammten aus Russland oder einem anderen östlichen Land. Alle waren in rosa Trikots gekleidet, Kinder ab zehn Jahren, Mädchen und Jungen, ein Vater. Sie küssten sich jedes Mal gegenseitig ab, schlugen das Kreuzzeichen und machten besorgte Gesichter, bevor einer von ihnen auf die Wippe stieg und ein Familienmitglied das Ding zum Kippen brachte, in dem es mit Wucht darauf sprang und den anderen Familienangehörigen durch die Luft wirbelte. Sie fingen sich auf, balancierten auf den Schultern und bauten Pyramiden. Fasziniert war ich aber vor allem von ihrer Gemeinschaft, dem Familienzusammenhalt, den ich zu spüren glaubte. Es rührte mich zu Tränen, dass sie sich todesmutig durch die Luft warfen im vollen Vertrauen aufeinander. Nach einer Woche, als der Zirkus weiterzog, schloss ich mich ihnen an, ich war gerade achtzehn geworden. Ich sagte keinem Bescheid, verschwand bei Nacht und Nebel, wie man so schön sagt. Dieses Bild gefiel mir immer. Ich wollte mich auch in Nebel auflösen und irgendwo anders wieder zusammensetzen, aus frischen Tautropfen, neu und jung wie der Morgen.«

Stevie schwenkte den Wein im Glas und dachte daran, wie sie ihren Schulranzen ausgeräumt, die Bücher und Hefte unter dem Bett versteckt und ihn mit den Dingen gefüllt hatte, von denen sie glaubte, dass sie sie auf ihrer Reise um die Welt brauchen würde. Eine Zahnbürste, denn ihr strahlendes Lächeln war ihr damals schon wichtig gewesen, Kleidung zum Wechseln und eine von Middies Puppen. Sie nahm die kleinste mit. Sie war aus weichem Plastik, sogar das Haar war nur als Abdruck auf den Kopf geprägt. Middie hatte mit Kugelschreiber auf dem Kopf herumgemalt, als sie drei Jahre alt gewesen war. Danach bekam sie Puppen mit langen Haaren und die kleine Babypuppe lag unbeachtet im Regal. Stevie dachte, dass Middie diese am wenigsten vermissen würde, denn sie wollte ihre Schwester nicht noch mehr verletzen, als sie es mit ihrem Verschwinden ohnehin tat. Die Puppe trug einen weißen, gestrickten Strampelanzug, der mit den Jahren verdreckte. Obwohl sie sich danach noch einige Male wiedergesehen hatten, hatte sie die Puppe behalten und auf alle Reisen mitgenommen.

Um die Erinnerung an Middie zu stoppen, lenkte Stevie ihre

Gedanken wieder zum Zirkusleben.

»Sie konnten mich gut gebrauchen, weil ich jede Arbeit mache. Ich war beliebt und gerne gesehen. Die Turnfamilie von der Wippe lernte ich auch kennen. Sie waren nicht einmal weitläufig miteinander verwandt. Sie stammten aus verschiedenen Ländern und hatten sich zusammengefunden und ihre Nummer eingeübt.«

Freya lachte auf. »Bei näherem Hinsehen war die Zirkuswelt also gar nicht so zauberhaft?«

»Ja und nein. Meine Illusionen über eine heile Familie musste ich aufgeben. Aber ich entdeckte andere Dinge, die mich begeisterten: die Akrobatik. Endlich konnte ich meine Kraft für mich einsetzen. In meine echte Familie passte ich nicht, weißt du. Ich sehe niemandem ähnlich, meinen Schwestern nicht, niemandem. Bin völlig aus der Art geschlagen. Die Verwandten sagten, im Scherz natürlich, man hätte mich im Krankenhaus ausgetauscht. Manchmal denke ich das auch. Ich war immer laut und wild und mein Vater wusste nichts mit mir anzufangen.«

»Dabei warst du doch der Stammhalter.« Freya rieb sich die knotigen Fingerknöchel.

Stevie musste lächeln. Ja, so hatte sie sich immer gefühlt und ihren Vater mit ihrem Verhalten irritiert. Ein Mädchen, das viel zu groß und grob gebaut war. Ein Mädchen, das anders war.

»Ich weiß noch, dass ich schon mit sechs dachte, ich sei stärker als mein Vater. Er wollte nie mit mir raufen. Ich versuchte es immer wieder, sprang ihn an, verdrehte ihm die Finger und hoffte, ihn in ein Kämpfchen zu verwickeln. Aber er sagte leise aua, wurde rot im Gesicht und einmal dachte ich sogar, ich hätte ihn zum Weinen gebracht.«

Freya beugte sich über den Tisch und sah sie eindringlich an. Deutlich konnte Stevie vereinzelte Haare auf Freyas Kinn erkennen. Plötzlich schwitze sie aus allen Poren. Hatte sie es mit ihrer Geschichte zu weit getrieben und die Alte misstrauisch gemacht?

»Und die Liebe? Die Liebe, die dein Herzchakra blockiert?«

Stevie trank das Glas mit einem Zug aus und stellte es in die Mitte des Tisches.

»Meine Lebensgeschichte ist zu lang und zu verwickelt, um in einer Nacht erzählt zu werden.« Sie stand auf und zog ihr Jackett an.

»Du bist ein echter Künstler«, sagte Freya. »Schickst mich ins Bett, am spannendsten Punkt deiner Erzählung.«

Stevie schüttelte ihr die knochige Hand. »Danke für den wunderschönen Abend und das köstliche Essen, liebe Freya.«

»Komm wieder, wenn du magst, und erzähl mir mehr von Stevie, dem Akrobaten und seiner unerfüllten Liebe.«

»Das mache ich!«

Von der Straße aus winkte Stevie noch einmal.

Schwungvoll ging sie weiter, aber als sie den verwilderten Garten verlassen hatte, verlangsamte sie ihren Schritt, das Lächeln verebbte.

Unerfüllte Liebe! Diese alten Frauen mit ihrem Spürsinn waren manchmal richtig gefährlich. Sie fühlte sich, als sei sie gerade noch dem Schafott entkommen.

Sie blieb in der Mitte der kleinen Straße stehen und musterte die Fenster und Gärten der anderen Häuser. Alles lag im Dunkeln. Es war etwa zehn Uhr, hier war wirklich tote Hose.

Sie hielt nach einem Schlafplatz Ausschau. Versuchte, ohne viel Hoffnung, die Tür des Mietwagens mit Frankfurter Kennzeichen zu öffnen, der vor dem mittleren Haus stand, doch er war abgeschlossen. Da entdeckte sie einen kleinen Schuppen. Im Licht der Straßenlaterne war er im hinteren Teil des Gartens gerade noch zu erkennen. Stevie stieg über die niedrige Mauer, schlich über den Rasen und entfernte mit einem Griff das Vorhängeschloss.

Als sie die Hollywoodschaukel sah, grinste sie breit, das war mehr, als sie erhofft hatte.

Monte Scherbelino

Am nächsten Tag wusste Middie gleich, was sie zutun hatte: Der Löwenzahn musste gejätet werden. Gleich nach dem Frühstück wollte sie Gartenwerkzeug kaufen.

Ellens Auto versperrte ihr wieder die Ausfahrt. Nach mehrmaligem Einschlagen und Vor- und Zurückstoßen schaffte sie es, aus dem Parkwinkel hinauszufahren. Es fehlte noch, dass sie den Mietwagen beschädigte! Eine Woche hatte sie ihn noch, dann brauchte sie ein eigens Auto, oder musste Straßenbahn fahren. Sie hatte es noch nicht entschieden.

Grimmig sah sie auf die Heckscheibe des schwarzen Vans, während sie den ersten Gang einlegte. Gerade als sie Gas gab, fiel ihr Blick auf einen Aufkleber *Baby an Bord*, den Namen darunter konnte sie nicht mehr entziffern. Middie wunderte sich, denn sie hatte Ellen für kinderlos gehalten. Die Einladung zum Essen stand heute an, aber das hatte noch Zeit. Zunächst wollte sie aber alles einkaufen, was sie sich innerlich notiert hatte, und dann darüber nachdenken, wie sie Ellen entkommen könnte.

Middie fand einen Baumarkt mit Gartenabteilung und brauchte nicht lange für ihre Besorgungen. Nervös fuhr sie zurück zu ihrem Haus. Auf dem Beifahrersitz lagen die neuen Gartenhandschuhe: Gänseblümchenmuster auf grasgrünem Grund, aus besonders strapazierfähigem Material, von einem britischen Hersteller. Sie wollte einen üppigen Bauerngarten erschaffen, mit Blumenrabatten und englischem Rasen. Noch war es nicht zu spät. Aber zuerst war der Löwenzahn dran.

Zu Hause angekommen, bemerkte sie mit Erleichterung, dass Ellens Van weg war. Sie lud die Einkäufe aus und rückte anschließend dem Löwenzahn zu Leibe, sie schwitzte in der wärmer werdenden Sonne und nach zwei Stunden schmerzten ihre Knie. Sie erhob sich und streckte den Rücken. Ihr Blick fiel über den Gartenzaun, wo Freya in einer Hängematte lag und strickte. Sie war umgeben von wild durcheinander wuchernden Blumen aller Art.

Freya bemerkte sie sogleich und rief ihr einen Gruß zu. Sie hob das Nadelwerk hoch. »Ich mache Armstulpen für den Frauenbazar an Weihnachten. Komm doch zu einer Erfrischung rüber.«

Bis sie aus der Hängematte geklettert war, dauerte es eine Weile. Wolle und Nadeln unter den Arm geklemmt, winkte sie Middie in ihren Garten.

Middie spürte, dass sie durstig war und eine kleine Pause nicht schaden konnte. Sie ging an Freyas Zaun entlang. Er war morsch, das Unkraut wuchs bis auf den Gehsteig hinaus. Das Gartentor war ausgehängt, es lag verrostet gegen einen Hortensienbusch gelehnt.

Freyas Haus schien vom gleichen Architekten gebaut wie ihr eigenes, allerdings war es mit Klematis überwachsen und von den roten Fensterläden blätterte die Farbe ab. Sie betrat den verwilderten Garten.

»Brauchst du Hilfe beim Unkrautjäten?«

»In meinem Wildkräutergarten ist alles in bester Ordnung. Unkraut wächst bei mir nicht.« Freya hob den Wollknäuel auf, der ihr hinuntergefallen war, und begann, den langen Faden wieder aufzuwickeln.

Middie sah irritiert auf den sprießenden Löwenzahn zwischen den Fliesen. Ein rotes Fahrrad mit einem Weidenkorb am Gepäckträger lehnte neben einem riesigen Sandsteinbrocken mit eingraviertem Mäandermuster.

Freya spießte die Nadeln in den Knäuel.

»Ich sammle gerne sinnliche Eindrücke. Der Stein ist vom Monte Scherbelino, dem Trümmerberg in Stuttgart, weißt du. Man darf die Sachen eigentlich nicht mitnehmen, aber ich war nachts oben. Weil ich mir den Zeh daran gestoßen hatte, wusste ich, er will mit zu mir nach Hause.«

»Was ist denn das?« Middie zeigte auf ein Ungetüm zwischen

44

den Rosenstöcken.

»Das ist ein Mülleimer aus dem Schlosspark«, antwortete Freya gleichmütig.

»Wieso nimmst du dieses hässliche orangefarbene Plastikteil mit und stellst es in deinen Blumengarten? Das stört doch die Schönheit.«

»Meinst du? Aber so ist die Welt.« Freya wirkte aufrichtig erstaunt.

»Hat dich niemand angezeigt, weil du ihn abgeschraubt hast?«

»Nein, er war heruntergebrochen. Vermutlich ist ein Besoffener draufgestiegen.«

»Aber das sind doch gar keine schönen Gedanken.«

»Nein.«

»Willst du dich denn nicht mit Ordnung umgeben? Das wäre gesünder für dein Gemüt.«

»Das sind doch Illusionen, ich bevorzuge das pralle Leben. Und im Kontrast kann ich Schönheit sehen.«

Middie wusste vor lauter Verwunderung nicht, was sie denken sollte. So eine seltsame Einstellung hatte sie noch nie gehört. Sie folgte Freya langsam ins Haus.

Drinnen war es viel dunkler als bei ihr, und es sah wild aus, ja wild, Middie konnte keinen passenderen Begriff finden. Kleine Säckchen hingen in den Türrahmen, in den Fenstern baumelten Girlanden aus Muscheln, Kastanien und Federn statt Gardinen.

In der Küche sollte Middie auf einem durchgesessenen Samtsofa Platz nehmen, während Freya einen gekühlten Minzetee aus dem Kühlschrank holte. Auf dem Tisch standen ein paar Einmachgläser.

»Was ist das?«, fragte Middie und drehte ein Glas mit roten Beeren.

»Eibisch. Vierzig reichen, um zu sterben, aber es ist nicht sehr angenehm. Die Krämpfe sind fürchterlich.«

Middie sah flüchtig auf das nächste Glas und dann schnell weg. Der Inhalt sah aus wie Nacktschnecken und sie wollte gar nicht wissen, was es wirklich war. Sie bemerkte ein Bild von einem Soldaten. Sein smartes Lächeln wurde getrübt von dem schwarzen Band, das diagonal über der Ecke angebracht war.

»Ist das dein Mann?«

Freya nickte.

Middie hätte am liebsten gefragt, ob er im Krieg gefallen war, aber das wäre dann doch zu neugierig gewesen. Deswegen fragte sie, was er von Beruf gewesen sei.

»Gärtner«, antwortete Freya.

»Ich gehe nie auf den Friedhof«, sagte Middie plötzlich und wunderte sich, dass sie das der Alten anvertraute. Sie kostete den Tee mit den Eiswürfeln und versuchte, die Stimme ihrer Mutter zu verdrängen, die ihr Vorwürfe machte, weil sie das Grab nicht pflegte.

»Ich habe seine Asche im Garten verstreut.« Freya lachte und bekam einen Schluckauf.»Seitdem wächst der Löwenzahn so wild.«

»Seine Asche?« Middie war entsetzt und gleichzeitig fasziniert. Hatte Freya sie etwa ausgegraben? Schließlich konnte man die Überreste seines Gatten nicht mit nach Hause nehmen.

Freya wischte mit der Hand durch die Luft, als wollte sie Middies unausgesprochene Frage verscheuchen.

»Hat er sich das gewünscht?«, fragte Middie.

»Dazu hat er nie etwas gesagt.«

Middie nickte verständnisvoll. »Du dachtest eben, dass es einem Gärtner gefallen würde, wenn er in seinem eigenen Garten durch die Pflanzen weiterlebt.«

Freya kämpfte immer noch mit dem Schluckauf. »Das ... ist die schöne Variante ... der Geschichte.«

»Warst du ... bist du auch Gärtnerin?«, fragte Middie. Sie fand es befremdlich, die alte Frau zu duzen.

»Nein, ich habe nur geholfen, wie Ehefrauen das damals so machten. Ich fand es zuerst langweilig, bis ich merkte, dass ich bei der Arbeit im Blumen- und Kräutergarten die Erdenergie spüren kann. Daraufhin habe ich mich mehr mit Geomantie beschäftigt und mit anderen spirituellen Praktiken.«

Middie versuchte, verständnisvoll zu nicken, aber sie fand die Nachbarin absonderlich.

»Zu gerne würde ich mal in dein Haus hineingehen.« Freya beugte sich über den Tisch.»Als es leer stand, bin ich drum herumgeschlichen und habe die Energie gespürt. Mit einer Wünschelrute. Unter deinem Haus muss ein ziemliches Zentrum liegen.«

»Aha.«

»Ja, im dritten Zimmer ist es besonders stark. Zum Glück hat dort nie jemand geschlafen, vor allem kein Kind. Das wäre fatal.« Freya kniff Augenbrauen und Mund zusammen und ihr Gesicht wurde noch runzeliger.

Middie wusste nicht, was sie von ihr halten sollte. Einerseits war ihr die alte Frau sympathisch, andererseits regte sie sich über deren Einmischung auf. Zuerst das mit der Eingangstür und nun ein Energiefeld. Middie dachte, sie sollte wohl eher einen hohen Zaun ziehen, damit Freya nicht mehr hinübersehen konnte. Sie fühlte sich beobachtet und kontrolliert und das erinnerte sie zu sehr an ihre Mutter.

»Tja, ich geh dann mal wieder. Danke für den Eistee«, sagte sie und überging Freyas Wunsch nach einer Einladung in ihr Haus.

Hunger

Stevie verfluchte den Hunger. Hunger hielt sie dauernd auf. Er kam ihr in die Quere und verhinderte, dass sie vorankam.

Den ganzen Morgen hatte sie versucht, Middie zu finden. Sie war noch vor Sonnenaufgang aus dem Schuppen geschlichen, hatte viele Häuser gemustert und nach Anzeichen gesucht, wo ihre Schwester wohnen könnte. Aber der Vormittag ging vorüber ohne eine Spur von ihr. Stevie wollte niemanden ansprechen und ausfragen. Sie sah viel zu abgerissen aus, das war ihr klar. Die Leute würden behaupten, sie kennen Middie nicht. In diesem Ort war alles versammelt, was sie hasste: Spießbürgertum und Konservatismus. Wie konnte ihre Schwester sich hier ein neues Zuhause einrichten?

Das Ortszentrum bot kaum Einkaufsmöglichkeiten: einen Schreibwarenladen mit Post, ein Schlecker, die Backfiliale, die sie in der Zeitung gesehen hatte, wo Middie eingekauft hatte und eine Metzgerei. Die Uhr an der kleinen Kirche zeigte halb zwölf.

Ihre Hände zitterten, als sie versuchte, den Knoten zu öffnen, den die Verkäuferin in die Plastiktüte geknüpft hatte.

Blöde Tüte, die hätte sie auch weglassen können. Aber die gute Frau wollte verhindern, dass Flüssigkeit, die womöglich heraustropfen könnte, zwischen Schälchen und Deckel, die Einkaufstasche beschmutzte. Stevie riss ungeduldig ein Loch in die Tüte und zerrte das Plastikschälchen mit dem Wurstsalat heraus. Diese Hausfrauenfürsorglichkeit ging ihr auf die Nerven. Sie besaß keine Einkaufstasche, das hatte die Verkäuferin doch genau gesehen. Sie war verkrampft freundlich gewesen, betont höflich und hatte mit ihr in einem schwäbischen Hochdeutsch gesprochen, als sei sie ein Vollidiot. Sie kannte dieses bemühte Verhalten, damit wollten die Leute nur verbergen, dass sie von ihr angewidert waren. »Darf es sonscht noch was sein?«

48

Nein, danke, mehr Geld kann ich nicht ausgeben, dachte Stevie zornig und ging auf den Parkplatz hinter der Metzgerei. Neben den Müllcontainern löste sie den Deckel, hielt die Plastikschale an die Lippen und schüttelte sich den Wurstsalat in den Mund. Sie kaute kaum, schluckte sofort und schüttete noch mehr nach. Mehrere Streifen der Lyoner hingen aus ihrem Mund, sie schob sie mit dem Schälchen hinein. Dressing lief an ihrem Kinn hinunter. Das Abendessen bei Freya war schon viel zu lange her.

Plötzlich nahm sie im Augenwinkel eine Bewegung wahr. Eine Frau stand neben ihr. Stevie verschluckte sich und hatte das Gefühl, ein Stück Wurst sei in ihre Nase gerutscht, sie prustete und schnaubte, nieste und hustete und das Schälchen fiel auf den Boden. Sofort bückte sie sich und versuchte, den Rest des Wurstsalats zu retten, bevor er herausrutschte. Wieder stieg ein Hustenreiz in ihr hoch und die Schale glitt aus ihrer Hand. Sie hockte mit gebeugten Knien, hustete und wusste nicht, wohin sie schnäuzen sollte, sie besaß keine Taschentücher.

Warum ging die Frau nicht weiter? Stevie konnte ihre glänzenden Sandalen sehen, die rotlackierten Nägel der sauberen Zehen. Sie stand einfach da und sah zu, welch jämmerliches Schauspiel sie abgab. Sie wollte auf die Straße rotzen, damit der beißende Schmerz des Essigs in ihrer Nase aufhörte. Aber ein Rest von Stolz verbat ihr diese erniedrigende Handlung vor den Augen dieser Frau.

Ein Papiertaschentuch wurde ihr hingehalten.

Stevie drehte der Frau den Rücken zu und putzte sich die Nase, dann rückte sie ihr Jackett am Kragen zurecht und wollte, ohne die Frau anzusehen, davongehen. Sie sah keine Notwendigkeit, sich zu bedanken. Dafür war die Vorstellung zu schlecht gewesen.

»Ich lade Sie zum Essen ein«, rief die Frau.

Stevie blieb stehen.

»Bitte. Lassen Sie es mich wieder gutmachen, dass ich Sie erschreckt habe.« Die Absätze der Frau klackten, als sie ihr hinterherlief.

Stevie musterte sie. Ihre Wangen waren gerötet, ihre Augen leuchteten und es stand kein Mitleid darin.

»Der Wurstsalat kostet fünf Euro zwanzig.« Stevie grinste breit.

»Mir wäre ein richtiges Essen lieber, also müssen Sie mich begleiten.« Die Frau und deutete auf einen Ford Focus. Sie streckte ihr die Hand hin. »Hoffmann. Ellen.«

»Stevie.«

»Okay, Stevie. Steig ein.«

»Du hast nichts gelernt?«

»Doch, Akrobatik.«

»Das ist doch kein Beruf«, sagte Ellen.

Sie saßen im Innenhof eines Bistros. Ellen aß eine moderne Salatkreation mit Früchten und Shrimps. Stevie bevorzugte Nahrung, die lange satt machte: Steak und Pommes frites.

»Warum nicht?« Stevie schnitt ein großes Stück Fleisch ab.

»Damit verdienst du doch kein Geld.«

»Ich verdiene Geld, jedes Mal, wenn ich auftrete.«

»Du lebst von der Hand in den Mund.«

»Was ist daran verkehrt?«

»Du hattest vorhin so einen riesigen Hunger, weil du nicht genug Geld zur Seite legen konntest.«

Ellen sprach ungeniert über das, was sie beobachtet hatte. Das beeindruckte Stevie. Sie hatte sich von dem Schreck erholt und genoss die Mahlzeit.

»He, ich habe dich getroffen und nun werde ich satt. Und außerdem bin ich glücklich, weil ich einer wunderschönen Frau in die Augen sehen darf. Warte! Ich bin noch nicht fertig. Und ich darf sogar ein intelligentes Gespräch führen.«

»Spiel nicht den Charmeur. Du willst mir sagen, dass du glücklich bist mit dem Leben, das du führst?«

»Ich bin jetzt im Moment rundum glücklich. Es gibt nur den Moment, Ellen. Oder konntest du Glück für harte Zeiten zur Seite legen?«

Ellens Gesicht verfinsterte sich. »Nein.«

»Siehst du. Es lohnt sich nicht, an die Zukunft zu denken. Wir können sie sowieso nicht beeinflussen.«

Ellen seufzte. »Da hast du wohl recht.«

Stevie sah sie aufmerksam an.

»Jetzt habe ich einen wunden Punkt getroffen. Das tut mir leid.« Sie griff über den Tisch und nahm Ellens Hand.

»Was willst du hier? Du gehörst nicht hier her«, sagte Ellen mit weicher Stimme.

»Ich suche meine Schwester.«

»Ruf sie doch an«, sagte Ellen, doch dann hielt sie inne und ihre Augen weiteten sich. »Sie will dich nicht sehen? Schämt sie sich für dich? Oh, entschuldige.«

Stevie schüttelte den Kopf. Diese Taktlosigkeit traf sie nicht, im Gegenteil, Ellens Freimütigkeit war entzückend. Sie spielte nicht die Souveräne und tat so, als sei es selbstverständlich, mit einer Person wie ihr zusammenzusitzen. Sie wurde auch nicht gönnerhaft. Sie lud ein und war neugierig. Das gefiel Stevie.

»Bist du dir im Klaren, was du hier tust? Ich störe dein Leben, deine feine Ordnung.«

»Ja, du verstörst mich.« Ellen sah sie nachdenklich an, das Kinn in die Hand gestützt. »Ich will offenbar mit aller Gewalt aus meinem Alltag gerissen werden. Ja, das ist es. Ich habe ihn satt.«

»Fensterputzen und Kehrwoche schenken dir keine Erfüllung mehr?«

Ellen lachte nicht. Sie lächelte nicht einmal.

»Das ist lange vorbei«, sagte sie leise. Dann winkte dem Kellner.

Stevie beobachtete Ellen, während sie bezahlte. Sie war keine frustrierte Hausfrau auf der Suche nach einem Abenteuer. Da steckte mehr dahinter. Stevie spürte eine tiefe Verzweiflung, die sie in Haltlosigkeit trieb, um vor etwas wegzulaufen. Stevie beobachtete diesen Zustand sonst nur bei sich und bei Menschen, die

51

mit dem Zirkus ziehen wollten. Aber sie kannte auch keine reichen Frauen mit feinen Kleidern, echtem Schmuck und gewählter Sprache, zumindest hatte sie mit keiner mehr gesprochen, seit sie von Zuhause weggegangen war. Ellens Verletzlichkeit rührte sie, aber die Munterkeit, mit der sie ihr entgegenkam, reizte Stevie auch.

Sie stiegen in Ellens Wagen und Stevie klemmte den Koffer zwischen ihre Knie.

»Erzähl mir nicht, dass du deine heile Welt einreißen willst. Die Welt, in der ihr sagt: Wir dulden keine vorhangfreien Fenster, kein Gras in den Ritzen der Veranda und keine Depression in den Augen unserer Kinder. Du willst doch die Bestätigung, dass dein Leben das richtige ist. Die Satellitenschüssel, der Zweitwagen, die Ballettstunden für die Tochter, Fußballtraining für die Söhne und sonntags Kaffeebesuch von den Schwiegereltern. Du ignorierst, dass es Menschen gibt, die niemals kaufen können, wonach ihnen der Sinn steht, weil es für das Notwendigste nicht reicht.« Stevie hob einen Fuß und zeigte Ellen ihre aufgerissenen und abgelaufenen Chucks. »Du willst glauben, dass es in Deutschland nur Wohlstand gibt! Und die Obdachlosen, zu denen ich offensichtlich gehöre, die gibt es vielleicht in Stuttgart oder besser nur in Berlin, aber nicht bei dir hier. Außerdem bin ich selbst schuld an meinem Elend. Ich könnte ja schließlich arbeiten gehen. Würde ich die Drogen und den Alkohol weglassen, fände ich auch eine Anstellung. Stimmt´s?« Stevie sprach mit Provokation in der Stimme.

Ellen fuhr mit ungerührtem Gesicht weiter. »Du hörst dich gerne selbst reden.«

Stevie lachte und schaute Ellen von der Seite an. Sie hatte ein edles Profil mit gerader Nase und vollen Lippen. Eine perfekte Frau? Sie konnte Ellen nicht provozieren. Jetzt wirkte sie nicht mehr verletzlich, sondern selbstbewusst.

Ellen bremste scharf. »Wir sind da.«

Verblüfft bemerkte Stevie, dass sie wieder in der Straße von Freyas Haus gelandet war. Die Alte war nirgends zu sehen.

»Was ist, kommst du?«, rief Ellen.

Während Stevie ausstieg und Ellen in ihr gepflegtes Eigenheim folgte, dachte sie an das Buch *Die Liebe in den Zeiten der Choler*a, in dem der Protagonist Geliebte sammelte und durchnummerierte, derweil er auf die eine wartete, die er wirklich liebte. Keine der Frauen, die Stevie bisher getroffen hatte, konnte ihr Herz berühren. Keine.

Die Puppe

Nervös knetete Middie die neuen Gartenhandschuhe in den Händen, während sie Freyas Garten verließ und die Straße überquerte. Zumindest musste sie Ellen einen Grund nennen, warum sie nicht mit ihr essen gehen wollte. Die anstehende Gartenarbeit war sicher eine akzeptable Entschuldigung, die sie verstand. Ihr Garten war nämlich gepflegt und so wie Middie sich das vorstellte: ordentliche Beete mit Pfingstrosen, Margeriten und Vergissmeinnicht, saubere Steinplatten und ein kurzgeschnittener Rasen. Doch auf ihr Klingeln rührte sich nichts. Sie sah auf die Uhr. Es war genau 13 Uhr. Sie wartete eine Weile und klingelte noch einmal. Sie hielt vergeblich Ausschau nach dem Van.

Ellen hatte ihre Einladung vergessen.

Bild dir bloß nichts ein, du bist nichts Besonderes, keifte die Stimme ihrer Mutter.

Ja, sie war ein Mittling und völlig uninteressant. Middie wurde traurig. Gerade hatte sie noch absagen wollen, jetzt merkte sie, dass sie gehofft hatte, Ellen wäre da.

Ein Rumpeln weckte Middie, sie öffnete die Augen und blieb starr liegen. Sie war auf dem Sofa eingeschlafen. Was hatte sie geweckt? Mit angehaltenem Atem lauschte sie. Es war vier Uhr, sie hatte den halben Nachmittag verschlafen! Das Räumen und Putzen der letzten zwei Tage steckte ihr noch in den Knochen. Sie ging zur Terrassentür und suchte nach der Ursache des Geräuschs. Im Garten lagen noch ihre neue Hacke, die Handschuhe und der Eimer mit dem Löwenzahn, den sie ausgestochen hatte. Middie ging hinaus, um die Sachen in den Schuppen zu räumen. Sie kippte das Unkraut auf den Kompost und stutzte: Das Schloss des Schuppens lag auf dem Boden. Sicher hatte sie es gestern eingehängt.

Mit klopfendem Herzen öffnete sie die Tür und hielt dabei die

Hacke hoch. Vielleicht war ein Marder hineingekrochen und rumpelte darin herum? Middie wusste nicht, wie groß so ein Tier war, und wappnete sich. Als das Licht hineinfiel, sah sie, dass die Holzstangen und das Gerümpel von der Hollywoodschaukel geräumt worden waren. Das hatte sicher kein Tier getan. Die schimmligen Polster der Gartenstühle lagen wie eine Zudecke aufeinander. Middie riss sie mit der Hacke herunter und sprang einen Satz zurück, als sie herabfielen. Die Hollywoodschaukel schwankte und quietschte leise.

Middie erstarrte. Auf der Matratze lag eine Puppe.

Ihre Puppe.

Zögernd nahm sie sie in die Hand.

Unverkennbar, es war ihre Babypuppe, mit dem rosa Mündchen und den Kugelschreiberspuren auf dem Kopf. Das Plastik war klebrig geworden. Wie kam sie in den Schuppen? Warum war sie nicht bei den anderen Kindersachen im Karton? Seit Jahren hatte sie sie nicht mehr gesehen. Middie streichelte den Bauch der Babypuppe.

Hatten Kinder im Schuppen gespielt? Ellens Kind? Aber wer hatte die Puppe aus dem Karton geholt?

Middie hatte sie geschenkt bekommen, als ihre Schwester Jane zur Welt kam. Sie erinnerte sich nicht mehr daran, denn sie war damals knapp drei Jahre alt gewesen.

»Ich gab dir die Puppe, damit du auch ein Baby versorgen konntest«, hatte die Mutter oft erzählt. »Aber du musstest sie ja mit Kugelschreiber beschmieren.«

Middie fuhr mit dem Finger über den Puppenkopf. Sie wusste nicht, warum sie darauf herumgemalt hatte. Vielleicht war sie einfach nur fasziniert davon gewesen, dass eine ihrer Handlungen Spuren hinterließ, die nicht mehr auszulöschen waren.

Zu mehr habe ich es nicht gebracht, dachte Middie bitter. Sie kannte die Puppe nur mit der Bemalung, irgendwie musste es so sein. Die Puppe hatte keinen Namen, sie wurde nur Baby genannt und Middie hatte nicht mit ihr gespielt. Sie hatte sie ins Bett gelegt.

Manchmal hatte Middie sie herausgenommen, aber nur um das Kissen aufzuschütteln und sie sofort wieder hineinzulegen. Sie konnte sich an keine Gefühle der Puppe gegenüber erinnern. Andere Puppen hatte sie geliebt, herumgeschleppt und an und aus gezogen, gekämmt und gefüttert. Das Baby nicht.

Es hatte noch ein anderes Baby gegeben, das Middie nicht lieben konnte, ein echtes – Jane. Jane, die viel zu schnell groß wurde und klug. Schrecklich klug.

Middie sah sich wieder am Küchentisch sitzen, sie war sieben Jahre alt. Der Plastikbezug der Eckbank klebte an ihren Oberschenkeln, die Küchenuhr tickte laut und es roch nach kalter Gemüsesuppe. Ein Rest davon schwamm noch in ihrem Teller. Middie hasste Gemüsesuppe, wegen der Fleischstücke darin. Sie waren faserig und kaum kleinzukriegen. Sie kaute unendlich lange darauf herum, sammelte das Fleisch in der Wangentasche und fragte um Erlaubnis, auf die Toilette gehen zu dürfen. Dort spuckte sie es aus und kehrte zurück an den Tisch. Ihre Mutter ließ sie an manchen Tagen so lange sitzen, bis sie alles aufgegessen hatte. Middie saß dann vor der kalten Suppe, die sich Gemüsesuppe nannte und doch Fleischbrocken enthielt. Die Uhr tickte und tickte und der Nachmittag schlich vorbei, die Sonne wanderte über die Tischplatte, die Nachbarskinder schrien mit Stevie draußen beim Spielen herum. Stevie hatte kein Problem mit Suppenfleisch. Sie futterte alles, was auf den Tisch kam, schrieb ihre Hausaufgaben und verschwand dann nach draußen. Aber Middie saß und wartete, bis Mutter die Küche fertig aufgeräumt hatte und hinausging, um die Schwester aus ihrem Mittagsschlaf aufzuwecken. Middie spuckte das Fleisch in ihr Taschentuch, wickelte es ein und steckte es in die Rocktasche. Das kalte Gemüse, zwischen dem Fettaugen herumschwammen, würgte sie hinunter, spülte den Teller ab und holte ihre Schultasche. Spielen durfte sie erst, nachdem sie ihre Hausaufgaben gemacht hatte.

Mutter kam mit Jane zurück, setzte sie auf die andere Seite der

Eckbank und begann einen Knopf an Vaters Hemd anzunähen. Auf Janes Wange zierte ein Abdruck von den Falten ihres Kopfkissens. Verschlafen saß sie vor einem Malblock und Buntstiften. Vier war sie.

Middie bemühte sich, beim Schreiben die Buchstaben auf der Linie zu halten, schüttelte immer wieder ihre Hand aus, weil die Finger sich verkrampften, und kämpfte weiter mit den Is und As. Nach einer Zeile sah Mutter erwartungsvoll an. Wenn sie zufrieden war, konnte sie spielen gehen. Aber Mutter sah nicht zu ihr, sondern über den Tisch auf Janes Malblock. Ihre Augen weiteten sich, sie sprang auf und riss den Block hoch.

»Ja, was hast du denn da gemacht? Ja, so etwas Erstaunliches. Oh, Kind!«

Sie strahlte, eilte um den Tisch herum, zog das Mädchen von der Bank hoch und küsste sie überschwänglich. »Du bist ein Wunderkind!«

Sie nahm eines der Blätter, trug Jane hinaus und Middie hörte, wie sie in den Garten lief und nach der Nachbarin rief.

Middie zog den Malblock zu sich her. In akkurater Reihe standen schwungvoll geschriebene Buchstaben in einer ordentlichen Reihe. Jane konnte flüssiger schreiben als sie.

»Jane ist ein Wunderkind«, hallte es in Middies Ohren nach. Und da blieb dieser Satz, jahrelang.

Einsamkeit

Kaum hatte Stevie das Haus betreten, legte Ellen die Arme um ihren Hals und küsste sie.

Aha, dachte Stevie, sie macht keine Umstände, es ist klar, was sie will. Ein Schäferstündchen am frühen Nachmittag, das war ganz nach ihrem Geschmack.

Aber war Ellen auch klar, wen sie wirklich mitgenommen hatte? Stevie genoss Ellens Lippen, strich über ihre Hüften und packte ihr Gesäß. Es konnte ganz schnell vorbei sein, vorher wollte sie so viel Genuss wie möglich mitnehmen.

»Bietest du mir nichts zu trinken an?«

»Ich habe leider nichts im Haus. Da hat mich jemand vom Einkaufen abgehalten.« Ellen lachte leise und küsste Stevies Wange.

Stevie hielt die Luft an. Jetzt. Aber Ellen nahm nur ihre Hand und führte sie die Treppe hinauf. Entweder hatte sie schon lange keinen Mann mehr geküsst und vergessen, was ein Bart war, oder sie ahnte etwas. So kompliziert hatte Stevie noch nie eine Affäre begonnen. Sonst wussten die Frauen, dass sie eine Frau vor sich hatten, weil sie sich in den entsprechenden Bars kennengelernt hatten.

Stevie sah auf Ellens Hüften und flehte irgendeinen Gott an, jetzt gnädig zu sein. Sie wollte nicht aus dem Haus geprügelt werden, sie wollte genießen.

Ellen setzte sich mitten aufs Bett und legte die Hand an den obersten Knopf ihrer Bluse.

»Machen wir ein Spiel. Jeder ein Kleidungsstück.«

Stevie schmunzelte.

Ellen öffnete die Knöpfe, zog sich aber nicht aus. Feine Spitzen blitzten hervor.

»Jetzt du.« Mit einer Kopfbewegung warf Ellen die Haare zurück. Sie lehnte sich nach hinten und stützte sich mit den Armen ab.

Stevie hätte sich am liebsten gleich auf Ellen gestürzt, so erregt war sie. Diese Frau war wie ein edles Schmuckstück. Was, wenn Ellen erkannte, dass sie selbst nur Strass war? Stevie setzte sich zu ihr und nahm ihr Gesicht in die Hände.

»Ich hab´s nicht so eilig.« Sie küsste Ellen.

»Komm, nicht die langweilige Tour.« Ellen drehte den Kopf weg. »Magst du keine Experimente?«

»Du willst was Neues erleben?«

»Hätte ich sonst dich mitgenommen?«

Stevie lachte auf, sie sah ihre Chancen wachsen. »Vielleicht fordere ich dich mehr heraus, als du ahnst – oder willst.«

Ellen nickte mit skeptisch verzogenem Mund. »Jedenfalls bist du von dir überzeugt. Los, ab auf die Bühne.«

»Okay, dann schau zu.«

Stevie stand auf und drehte sich elegant einmal um ihre Achse, als stünde sie im Rampenlicht. Mit einer fließenden Bewegung ließ sie das Jackett von den Schultern rutschen.

Ellen lächelte. Stevie schlug ein Rad und Ellen klatschte.

Mit einem Satz sprang Stevie aufs Bett und kniete sich breitbeinig vor Ellen hin. Langsam knöpfte sie das Hemd auf und achtete darauf, dass es sich keinen Spalt öffnete. Sie beobachtete Ellens Gesicht und sah es weich werden. Okay, jetzt. Sie zog das Hemd mit einem Ruck von den Schultern.

Ellen starrte auf die Brustbinde. Sie schluckte, aber rührte sich nicht.

Stevie öffnete den Klettverschluss und warf die Binde neben das Bett. Sie stemmte die Arme in die Seiten und wartete.

Ellen rührte sich immer noch nicht. Sie sah auf Stevies winzige, aber dennoch eindeutig weibliche Brüste.

Stevies Herz klopfte bis zum Hals, jetzt wusste sie nicht mehr weiter. Sie hatte einen Aufschrei erwartet, Empörung oder ein Aufspringen. Vielleicht auch ein Lachen, Ellens Reglosigkeit verunsicherte sie. Plötzlich fror sie und spürte, wie sich ihre Brustwarzen zusammenzogen. Machte sie sich gerade zum Affen? Und merkte es nicht? Wieso kam sie auf die bescheuerte Idee mit einer Frau mitzugehen, die keine Ahnung hatte, was es alles gab auf der Welt?

Stevie wollte nach ihrem Hemd greifen, doch da legte Ellen eine Hand auf Stevies Brust.

»Warum bist du nicht operiert? Nimmst du Hormone?« Ellen fuhr langsam mit dem Daumen um Stevies Brustwarzen.

Stevies Unsicherheit und Scham verschwanden. Ellen streichelte sie weg, ihre Hände sagten: Du bist schön.

»Deswegen.« Stevie küsste Ellen.

»Wegen des Gefühls?« Ellen legte sich auf den Rücken und zog Stevie auf sich.

»Weil ich eine Frau bin, der es Spaß macht, für einen Mann gehalten zu werden.«

»Aber du willst kein Mann sein?«

Stevie küsste Ellen, damit sie nicht weiterfragte.

Der Kochlöffel

Middie fuhr hoch. Herz klopfte wie wild. Wie lange lag sie schon auf der Hollywoodschaukel mit der Puppe im Arm?

Reiß dich zusammen, hörte sie ihre Mutter sagen.

Hatte sie geschlafen? Geträumt? Oder wieder einen ihrer Aussetzer gehabt? Sie rieb sich das Gesicht. Womöglich hatte sie selbst die Puppe ... Nein. Sie nahm doch die Medikamente, dann passierte es nicht mehr. Oder doch?

Mit einem Ruck stand Middie auf und riss an dem Gestänge. Es dauerte eine Weile, aber dann lösten sich die Füße aus dem Untergrund und sie konnte das Gartenmöbel ins Freie zerren. Sie zog mit beiden Händen, hängte ihr gesamtes Gewicht daran und hörte nicht auf, ehe die Schaukel unter dem Apfelbaum stand. Sie strich sich die verschwitzten Haare aus der Stirn, und als sie wieder zu Atem gekommen war, nahm sie die Polster ab und schüttelte sie aus, bis Staub aufwirbelte. Sie holte einen Besen und klopfte gegen den Baldachin und wischte schließlich auch noch das Gestänge mit einem Lappen sauber.

Die Babypuppe saß dabei die ganze Zeit im Rasen, an den Baumstamm gelehnt, und sah zu.

Zufrieden ließ sich Middie auf die Schaukel fallen, setzte sich gleich wieder halb auf, griff nach der Kette und löste die Arretierung. Auf dem Rücken liegend sah sie in den Himmel, beobachtete die grünen Blätter des Apfelbaumes, die sich sachte in einem Lüftchen bewegten. Das Licht des späten Nachmittags ließ sie hell und durchscheinend werden. Das Geflirre von Himmel und Blättern glich Stevies Augen. Manchmal waren sie dunkelblau, manchmal grün, dann wieder braun. Wie oft hatte Middie fasziniert die Iris gemustert, die je nach Umgebung die Farbe wechselte.

Sie sah Stevies Lächeln, das ihre Angst vertreiben konnte, und hörte ihre Stimme. »Meine Tigeraugen beschützen dich.« Gänsehaut kroch über ihre Arme. Tränen rannen aus ihren Augenwinkeln und die Schläfen hinunter. Sie lag auf dem Rücken, starrte in das Grün und Blau und dachte an Stevie.

Stevie. Ja, Stevie war ihre Zuflucht geworden, nachdem die Schwester auf der Welt war, sich mit ihrer Glorie breitmachte und Middie nur den Schatten überließ. Sie und Stevie lagen oft zusammen auf der Hollywoodschaukel.

Ihr Herz klopfte immer stärker. Hitze breitete sich in ihr aus, ein wohliges Gefühl der Vertrautheit.

Mit einem Keuchen fuhr sie hoch.

Sie hängte die Kette wieder ein und stoppte damit das Schaukeln, das sie in die Vergangenheit gewiegt hatte. So hatte Stevie sie immer eingelullt, bis sie nicht mehr wusste, was richtig und falsch war. Aber das war vorbei, endgültig. Deswegen hatte sie dieses Haus. Weit weg von Stevie und ihren Flausen.

Mit der Babypuppe ging sie um das Haus herum zum Fensterladen des dritten Zimmers; er war fest verriegelt, niemand hatte ihn aufgebrochen. Drinnen hängte sie die Garderobe ab und öffnete die Tür. Das Fenster war geschlossen, die Kisten und Möbel standen noch so, wie sie sie hineingeschoben hatte. Middie schien alles unverändert.

Die nackte Glühbirne flackerte, erlosch und flammte auf. Schon wieder. Am ersten Tag hatte die Flurlampe auch geflackert. Die elektrische Sicherung musste einen Wackelkontakt haben. Während sie noch überlegte, wo der Sicherungskasten sein könnte, fiel ihr Blick auf den Kochlöffel. Er lag auf einer der Kisten.

Middies Magen zog sich zusammen, ihr wurde schlecht. Er hatte ganz sicher zwischen den überflüssigen Kochutensilien ganz unten in einer Kiste gelegen. Das wusste sie genau. Sie würde niemals ein einzelnes Teil obendrauf legen und schon gar nicht diesen Kochlöffel. Middies Knie zitterten. Sie ließ die Puppe fallen und hielt sich am Türrahmen fest.

»Dir kann man ja nicht anders helfen«, schrie ihre Mutter und knallte den Kochlöffel auf den Tisch. Middie war neun Jahre alt, saß, wie jeden Nachmittag an der kalten hellblauen Resopaltischplatte, das Rechenheft vor sich. »Deine kleine Schwester ist klüger als du. Du könntest längst draußen spielen, wenn du nicht so dumm wärst. Noch einmal: drei Mal acht!«

Verstohlen nahm Middie die Finger zur Hilfe. Es dauerte zu lange, bis sie die Antwort geben konnte. Die Mutter schlug zu, bis der Kochlöffel zerbrach.

Middie ging näher zu dem Karton, auf dem der Kochlöffel lag. Es war der neue, der danach gekauft worden war. Einer mit extra breitem Kopf.

Die Hollywoodschaukel wurde der perfekte Zufluchtsort für Middie. Man konnte sie vom Haus aus nicht sehen und die Eltern gingen niemals dorthin, sie hatten das Ungetüm, wie Mutter es nannte, in einen abgelegenen Winkel im Garten verbannt, als sie geliefert wurde.

»Eine Schnapsidee deiner verrückten Tante«, sagte Mutter und machte so ein mürrisches Gesicht, dass niemand sich getraute, Freude zu zeigen. Aber Stevie fand sie dort.

»Mutter macht so ein Theater«, sagte Middie und wischte die Tränen mit dem Ärmel weg.

Stevie nickte und verdrehte die Augen. »Weine nicht.« Sie streichelte ihre Wange.

»Hast du Jane auch lieber als mich?«, fragte Middie.

»Nein. Das kann ja gar nicht sein«, antwortete Stevie. »Ich kenne dich schon viel länger, da hat sich viel mehr Liebe angesammelt.«

»Sie wird mich einholen, so wie mit dem Schreiben und Rechnen.«

»Wird sie nicht.«

»Wird sie doch!«

»Nein, wird sie nicht. Ich weiß das.« Stevie lächelte breit und begann Middie zu kitzeln. Sie kannte die Stellen, die sie zum Kreischen brachten. Middie strampelte und wehrte sich, aber nur ein bisschen. Es tat gut, dass sie schreien konnte und ihre Wut und Ohnmacht eine Stimme bekam – und eine Zuhörerin. Stevie.

Auf der Hollywoodschaukel

Ein Rumpeln und Quietschen weckte Middie. Sie schreckte im Bett hoch und knipste das Licht an. Zwei Uhr.

War das wieder Ellen? Middie schaltete die Lampe aus und sah zum Fenster hinaus. Die Straßenlaterne erleuchtete die niedrige Mauer und die Steinfliesen zu ihrem Hauseingang. Aber niemand war zu sehen.

Wieder rumpelte es. Es klang, als käme es aus dem Flur. Middie erstarrte. Mit Herzrasen sah sie zur halb geöffneten Schlafzimmertür. War da jemand im Haus? Hektisch sah sie sich nach einem Gegenstand um, mit dem sie sich bewaffnen könnte. Sie verfluchte ihre Idee, alle Dinge ins dritte Zimmer zu stellen und mit dem Notwendigsten auskommen zu wollen. Einen Regenschirm oder Spazierstock hätte sie ...

Wieder ein Rumpeln. Mit einem Satz sprang Middie zur Tür und warf sich dagegen. Die Tür knallte zu und sie erschrak vor dem Geräusch. Sie beugte sich hinunter und versuchte, etwas durchs Schlüsselloch zu erkennen, aber der Flur lag im Dunkeln. Middie lauschte angestrengt, aber hörte nur das Blut in ihren Ohren rauschen. Sie wartete stocksteif mit dem Ohr an der Tür.

Endlich kam ihr der erlösende Gedanke. Sie schlich zum Fenster, öffnete es so leise sie konnte, und sah vorsichtig hinaus. Nichts. Der Garten lag ruhig. Middie setzte sich aufs Fenstersims und holte tief Luft. Da. Wieder ein Rumpeln, und sie sprang.

Es war nicht hoch, sie fiel auf die Knie, rappelte sich sofort auf und rannte zur Straße. Wen sollte sie um Hilfe bitten?

Middie sah zu Freyas Haus. Alles dunkel.

Die alte Frau war zwar forsch und sicher mutiger als sie, aber manchmal etwas seltsam. Middie ließ sie lieber schlafen. Bei Ellen brannte noch Licht. Middie rannte hinüber und sah zum Fenster hoch. Sie sah eine Silhouette. Das war nicht Ellen. Sie stutzte, sah genauer hin, aber der Schatten verschwand. Der gleiche Typ oder ein anderer, Ellen blieb nicht lange allein. Die Nachtluft wehte kühl durch den Stoff ihres Schlafanzugs und überzog ihre Haut mit Frösteln, sie wurde ganz wach. Ihre Angst kam ihr jetzt lächerlich vor. Sie wollte nicht klingeln. Das war nur ein Marder, oder eine Maus hauste in irgendwelchen Ritzen. Morgen würde sie eine Falle aufstellen oder den Kammerjäger rufen.

Dann stand sie vor der Haustüre und stellte mit Entsetzen fest, dass sie nicht hinein konnte. Sie war ja aus dem Fenster gesprungen! Und es lag zu weit oben, um hineinklettern zu können. Middie spürte, wie Tränen in ihre Augen stiegen. Sie rannte zur Terrasse und rüttelte an der Glastür, aber natürlich hatte sie ordentlich abgeschlossen, genauso wie das Auto und den Schuppen!

Middie zerrte an dem neuen Vorhängeschloss. Sie fand einen Ast, hebelte die Verschraubung heraus. Sie versuchte, im Halbdunkel etwas zu erkennen. Eine Leiter war nicht darin. Ein Stuhl war zu niedrig, der schmiedeeiserne Tisch zu schwer, um ihn so weit zu schieben. Middie fror.

Schließlich fiel ihr Blick auf die schimmeligen Polster der Gartenstühle. Sie nahm sie, legte sich auf die Hollywoodschaukel unter dem Apfelbaum und versuchte sich so warm wie möglich einzuwickeln. Bibbernd lag sie lange wach und konnte nicht einschlafen. Sie starrte in den sternenklaren Himmel ohne Mond.

Eine warme Gestalt legte sich neben sie. Arme umfingen sie schützend und ein sanfter Kuss wurde auf ihre Wange gehaucht. Middie schmiegte sich tiefer in die Umarmung und sog den Duft der Haut ein. Stevie. Jetzt war alles gut. Stevies Hand streichelte über ihren Rücken, blieb schwer in ihrem Kreuz liegen. Hitze strömte zwischen ihrem Bauch und Stevies.

»Wo warst du so lange?«, fragte Middie in Stevies Halsbeuge hinein.

»Ich habe die Welt umrundet und dir einen Schatz mitgebracht.«

»Was ist es?«, murmelte Middie.

»Die Juwelen der Eisprinzessin. Sie werden dich funkeln lassen.«

»Wirklich?«

»Ja. Und die Flöte des Rattenfängers. Er braucht sie nicht mehr, er ist in Rente.«

Middie kicherte. »Hat er jetzt ein Gebiss?«

»Genau. Er isst nur noch Brei und keine Ratten mehr.«

»Aber er hat Kinder entführt und keine Ratten gegessen.«

»Weißt du es?«

»Nein.«

»Na, siehst du. Dann kann es doch auch so gewesen sein, wie ich sage.«

»Nein, das will ich auf keinen Fall«, sagte Middie energisch.

»Was gefällt dir besser?«

»Dass du da bist und mir Unsinn erzählst.«

»Es ist kein Unsinn!«

Middie rieb ihre Nase an Stevies Hals. »Red weiter, alles ist besser als die Wirklichkeit.«

»Ich habe ein Zaubertuch, mit dem kann ich alle Wirklichkeit verschwinden lassen.«

»Tu es. Lass nur ...« Middie spielte das alte Spiel. »Lass nur uns übrig. Etwas Schöneres gibt es nicht.«

»Hokuspokus.« Stevie fuhr mit der Hand ihren Rücken hinauf, über ihre Schulter, den Arm hinunter und umkreiste Middies ganzen Körper.

Sie seufzte. »Hör nicht auf. Weitermachen.«

Stevies Hand zögerte, dann legte sie ihre Finger um Middies Handgelenke, löste sie wieder und strich weiter über ihren Körper.

»So?«, fragte sie heiser.

»Hm. Die Welt ist schon fast weg.«

Schweißgebadet erwachte Middie. Es dämmerte, Tau lag auf

dem Gras und ihr Schlafanzug war feucht geworden. Die Vögel zwitscherten grell. Die Polster der Gartenstühle waren hinuntergerutscht und lagen nass auf dem Boden. Ein brennendes Gefühl lag auf ihrer Haut, der Traum verblasste langsam.

Frierend klopfte sie an Freyas Haustür. Die alte Frau öffnete sofort, sie war angezogen und sah munter aus.

»Hast du eine Leiter? Ich habe mich ausgesperrt.« Middie unterdrückte ein Zähneklappern.

»Du siehst aus wie eine Katze, die man versucht hat, zu ertränken.«

»Hast du eine Leiter?«

Freya nickte und zerrte eine Leiter hinter einem Busch hervor. »Du solltest dich in die heiße Wanne legen«, sagte sie.

Middie sah dem Badeschaum zu, wie er in kleinen Schaumbergen hin und her schwappte, wenn sie die Hand bewegte. Freya setzte Wasser für einen Tee auf und lief dann im Haus hin und her. Middie hörte ihre Schritte. Die Tür ging auf. Schnell legte Middie einen Arm über ihre Brüste und eine Hand über ihren Schoß.

»Ich guck dir schon nichts weg.« Freya stellte eine Tasse auf den Wannenrand.

Sie hielt eine silberne Kette hoch, an deren Ende ein keilförmiger Kristall baumelte. Von der Wand zum dritten Zimmer bewegte Freya sich langsam zum Waschbecken.

»Unglaublich, es ist viel stärker, als ich dachte«, murmelte sie und ging den Weg noch einmal. Konzentriert zog sie die Augenbrauen zusammen und die Furchen in ihrem Gesicht wurden tiefer. Sie trug die weißen Haare offen über einem grünen Samtkleid. Um die Taille hatte sie eine bunte Kordel geschlungen, daran hingen kleine Säckchen.

Sie sieht aus wie eine alte Hexe, dachte Middie schaudernd.

Freya wackelte mit dem Kopf und Middie bekam eine Gänsehaut. Da fiel ihr auf, dass Freya hinter ihr die Leiter hochgeklettert sein musste, Middie hatte ihr die Tür nicht geöffnet.

Freya steckte das Pendel in eines der Säckchen und setzte sich breitbeinig auf den Toilettendeckel.

»Hast du Träume? Verhältst du dich anders als sonst? Hast du eine Veränderung an dir bemerkt?«

»Warum?« Middie trank den Tee und glaubte ihren Ohren nicht zu trauen.

»Also ja! Ich hoffe nur, du hast genügend Kraft, dich zu schützen.«

»Vor was denn?«

»Es wird alles stärker werden. Der Schmerz, aber auch die Wünsche.«

»Welche Wünsche?«

»Sehnsüchte eben.«

»Ich habe doch alles, was ich brauche.« Middie spürte Ärger in sich aufsteigen. Freya verunsicherte sie und das konnte sie nicht zulassen. Sie hatte einen Neuanfang gewagt und nun war alles in Ordnung. Alles.

»Ich komm schon klar, danke.«

»Gut. Du weißt ja, wo ich wohne.« Freya erhob sich ächzend, zog zwei Stöckchen aus einem anderen Beutel und hielt sie überkreuz. »Ich muss das nochmal spüren.« Im Hinausgehen fragte sie: »Kann ich in das dritte Zimmer hinein?«

»Auf keinen Fall«, rief Middie.

Das wäre ja noch schöner, Freya brauchte nicht in ihren Sachen herumzuschnüffeln. Middie hörte sie noch eine Weile herumwandern, dann schlug die Haustür zu und Middie atmete tief durch. Sie legte den Kopf zurück und drückte mit dem Fuß den Hahn hoch, damit warmes Wasser nachlaufen konnte. Sie rutschte tiefer und spürte, wie ihre Glieder langsam aufwärmten.

Seife reicht. Und ein Waschlappen. Plansche nicht herum, hörte sie die Stimme ihrer Mutter. Middie sah auch den Gesichtsausdruck vor sich, den sie bekommen hatte, wenn sie Middie bei einer Tätigkeit erwischte, die ihr Genuss bereitete.

Erstaunt setzte sich Middie auf, und das Wasser schwappte über den Rand. Genau! Das war es: Sie durfte keine Sinnlichkeit erleben. In der Wanne aalen, das gab es nicht, sie musste sich unter der Dusche schnell abreiben, anziehen und bei der Hausarbeit helfen. Sinnlichkeit war Sünde. Müßiggang war Sünde. Niemals sollte sie zur Ruhe kommen. Ständig gab es eine Aufgabe für sie. Den Sommer verbrachte Middie mit Unkrautjäten, stundenlang musste sie auf den Knien im Garten herumrutschen und den Löwenzahn ausstechen, Gras zwischen den Platten der Einfahrt herauskratzen und kaum war sie fertig, ging es an der anderen Seite des Grundstücks wieder von vorne los.

Middie stieg zitternd aus der Wanne. Sie klapperte nicht mit den Zähnen, weil sie fror, sondern weil sie es wagte, einen aufmüpfigen Gedanken aufsteigen zu lassen. Sie stellte die Anordnungen ihrer Mutter infrage! Das hatte sie nur einmal offen gewagt und es war schief gegangen.

Middie wickelte sich in ein Handtuch und wischte mit dem Zipfel den Dunst vom Spiegel. Langsam kam ihr Gesicht zum Vorschein, doch sie drehte sich weg, keuchte. Sie war sich sicher, dass Mutter über ihre Schulter schauen würde, wenn sie in den Spiegel sah. Middie riss das Fenster auf und Luft strömte herein. Hastig zog sie sich an und nahm ihre Tablette.

Middie hängte die Garderobe ab und betrat das dritte Zimmer. Sie musste nachsehen, was vorige Nacht das Rumpeln verursacht hatte. Jetzt, bei Tageslicht, war die Angst verschwunden. Der Kochlöffel lag noch auf der Umzugskiste, daneben die Puppe. Middie war sich sicher, dass sie die Puppe in einen Karton gelegt und ihn verschlossen hatte.

Sie rannte aus dem Haus, ließ die Tür offen stehen, erreichte in wenigen Sätzen Freyas Garten und riss, ohne zu klopfen die Eingangstür auf.

»Freya!«

Freya saß in der Küche und schnippelte grüne Bohnen.

»Fass gefälligst meine Sachen nicht an!«, schrie Middie sie an.

Freya wirkte interessiert und kein bisschen erschrocken über den harschen Ton. »Was ist passiert?«

»Die Puppe.« Middie hatte Mühe das Wort auszusprechen.

Freya stand auf und legte eine Hand auf Middies Arm. »Jetzt setz dich und beruhige dich. Ich habe nichts berührt. Wirklich nicht. Wenn in deinem Haus etwas verschwindet ...«

»Es verschwindet nichts, es tauchen Sachen auf! Du musst die Puppe herausgeholt haben.«

Freya schüttelte den Kopf. »Ich habe dir doch gesagt, dein Haus ist ein Energieplatz.«

»Das ist Quatsch, so etwas gibt es nicht.«

»Was für eine Puppe?«, fragte Freya und sah sie intensiv an.

»Das ist doch egal.«

Freya nickte.

»Entschuldige, ich bin wohl etwas übermüdet.«

Freya nickte noch einmal mit hochgezogenen Augenbrauen.

Jetzt musste Schluss sein mit dem Spuk.

Niemand sollte mehr in das dritte Zimmer eindringen und ihre Sachen durcheinanderbringen. Middie nagelte Latten aus dem Schuppen von innen gegen das Fenster und kaufte Steine und einen Sack Mörtel. Sie mauerte die Türöffnung zu. Fertig. Nun musste Ruhe einkehren.

Zufrieden fegte sie nach der anstrengenden Tätigkeit den Staub zusammen und hängte die Garderobe wieder ein.

Den Rest des Tages verbrachte sie so, wie sie sich ihr neues Leben vorgestellt hatte: ruhig und fleißig.

Sie stach Löwenzahn aus, kochte Kartoffeln und rührte den Quark mit Schnittlauch an. Nachmittags gönnte sie sich eine Tasse Kaffee, bevor sie begann, den Gartentisch abzuschrubben und neu zu streichen. Sie füllte ihren Tag mit anstrengenden Tätigkeiten und verbat sich jeden Gedanken an früher. Sie wusste, wenn sie fleißig war, dann tauchte die Stimme ihrer Mutter nicht auf.

Monster

Stevie schlich ins Bad, als Ellen gleichmäßig atmete. Sie wollte bei Nacht und Nebel verschwinden. Sie hatten eine wilde Nacht miteinander verbracht und den ganzen nächsten Tag nicht das Bett verlassen. Ellen hatte eine Pizza kommen lassen und nach einem gemeinsamen Schaumbad waren sie noch einmal übereinander hergefallen. Ellen wollte etwas vergessen, das hatte Stevie gespürt. Sie war die Droge gewesen. Aber die Wirkung lässt immer irgendwann nach. Sie wollte nicht erleben, wie Ellen sie satt bekam. Das Gefühl, sich aufzulösen und sich irgendwo anders neu zusammenzusetzen, war erfüllender als ein Abschied am Morgen, wenn das klare Licht des Tages alle Wirklichkeiten hervorzerrte. Jedoch war die heiße Dusche eine Versuchung. Ein seltener Genuss.

Stevie öffnete vorsichtig den Koffer, um eine neue Brustbinde herauszunehmen, sie hielt die Zeigefinger zwischen Schnalle und Kofferdeckel, damit kein klackendes Geräusch entstand. Sie schlug den Deckel auf und bemerkte sofort, dass die Puppe fehlte.

Verdammt! Jetzt war es umso wichtiger, dass sie sich früh davonmachte. Ihr Talisman musste im Schuppen liegen. Sie beeilte sich mit dem Duschen.

Als sie an Ellens Bett vorbeiging, spürte sie, dass Ellen wach war, sie konnte den gleichmäßigen Atem nicht mehr hören. Dennoch ging sie weiter bis zur Tür.

»Du brauchst nicht zu schleichen, mir ist es so auch lieber«, sagte Ellen mit klarer Stimme.

Die Worte versetzten Stevie einen Stich. Natürlich, was hatte sie erwartet? Sie musste froh sein, dass Ellen ihr kein Geld zusteckte. Warum hielt sie nicht die Klappe und stellte sich schlafend? Konnte sie ihr nicht die Schmach ersparen? Der Versuch, sich in Nebel aufzulösen, platzte wie ein Wassertropfen, der zu Boden fiel. Am liebsten wäre Stevie ohne ein weiteres Wort die Treppe hinuntergerannt und hätte die Tür zugeknallt. Aber sie wäre kein Akrobat und Schausteller, wenn sie nicht einen unerwarteten Trick auf Lager hätte. Das war sie sich schuldig. Ihr Stolz verlangte es.

»Das Glück wird dich finden«, sagte sie zärtlich.

Im gleichen Moment wusste sie, dass Ellen genauso traurig war wie sie.

Wo war die verdammte Puppe? Stevie suchte vergeblich im halbleeren Schuppen zwischen Stangen und Werkzeug.

Sie setzte sich auf die Hollywoodschaukel, die jemand unter den Apfelbaum gestellt hatte, und wusste nicht weiter. Sie löste die Kette aus der Arretierung und stieß sich mit den Füßen ab. Die Sitzfläche schwang vor und zurück und stieß gegen den alten Koffer, den Stevie zu nah abgestellt hatte. Sie schob ihn nicht weg, sie wollte Krach machen, die Leute aufwecken und sie fragen, was sie mit der Puppe gemacht hatten, verdammt noch mal. Warum musste sie auch hinter ihrer Schwester herjagen?

Sie streckte sich auf dem Polster aus und starrte in den schwankenden Himmel. Wenn sie die Augen ein wenig zusammenkniff, dann zogen die Sterne Lichtspuren durch das Dunkel. Der Mond war nicht zu sehen.

Sie konnte jetzt nichts unternehmen, da noch keine U-Bahnen fuhren, also war die Hollywoodschaukel genauso gut wie jeder andere Ort zum Übernachten. Sie wollte nochmal suchen, wenn die Sonne aufgegangen war, vielleicht stand irgendwo eine Mülltonne und die Puppe lag darin. Oder sie würde sich ein Herz fassen und die Bewohner des Hauses danach fragen. Aber dazu musste sie sich noch eine Geschichte ausdenken, wie die Puppe in den Schuppen gekommen war. Irgendetwas Trauriges, Herzzerreißendes, darauf standen die Leute, und sie konnte sich auf ihre Spontaneität verlassen, im Fabulieren machte ihr keiner was vor.

Lügen, das kannst du! Nichts als lügen, du Monster! Für Mutter war sie irgendwann nur noch das Monster gewesen. Das hatte es

Stevie leichter gemacht zu verschwinden. Und sie brauchte nicht einmal zu lügen, sie erklärte gar nichts, sie ging einfach. Mutter hörte sowieso nicht zu, sie schlug gleich drauf.

Stevie versuchte sich zu erinnern, wann alles angefangen hatte. Sie war sieben oder acht gewesen, als sie dem Nachbarmädchen erklärte, dass sie nicht mit ihr spielen konnte, weil sie ein Junge sei. Stevie grinste bei dem Gedanken daran. Sie war ziemlich lange davon überzeugt gewesen, dass sich ihr Geschlecht noch ändern würde, denn schließlich fühlte sie sich nicht wie andere Mädchen. Ihre Interessen unterschieden sich von Middies oder Janes. Die weichen Bäuche ihrer Puppen schnitt sie auf und schaute nach, was sich darin befand. In ihrem Puppenwagen hatte sie niemals etwas anderes als Gras oder Steine transportiert, bis sie endlich eine Schubkarre bekam. Das Schlimmste waren die Röcke, die sie sonntags tragen sollte, wenn es zu den Großeltern zum Essen ging. Am Ende half nur schreien, strampeln und sich auf den Boden werfen, danach durfte sie eine Hose anziehen. Sie freute sich, wenn die Großmutter sagte, sie sähe aus wie ein kleiner Lausbub. Und die Lederhose, die sie zu Ostern bekam, trug sie, bis sie wirklich nicht mehr hineinpasste. »Die Flausen werden ihr schon vergehen, wenn sie älter wird«, sagte Opa und zwinkerte vielsagend. Er sollte recht behalten, aber anders, als es alle erwartet hatten.

Mit dreizehn entdeckte sie Christine, die zwei Klassen über ihr in die gleiche Schule ging, und bei deren Anblick Stevie Herzklopfen bekam. Sie sah sie nur auf dem Schulhof, aber Stevie verpasste keine Gelegenheit, das Mädchen zu beobachten. In jeder Pause lungerte sie auf dem Schulhof herum und versuchte in Christines Nähe zu kommen. Sie bewunderte die roten Clogs, das karierte Hemd, den Bundeswehrparka mit der Deutschlandfahne und die Kurzhaarfrisur. Christine hatte alles und durfte alles, von dem Stevie träumte. Angespornt von ihrem Vorbild schaffte es Stevie, jeden Krach zu Hause zu überstehen, und irgendwann verzog ihre Mutter nur noch das Gesicht, wenn sie darauf bestand, allein einkaufen zu gehen und anschließend »Lotterkleidung« trug. Stevie fühlte sich darin wohl und hatte nicht mehr das Bedürfnis, ein Junge zu sein. Trotzdem wurde sie immer noch für einen gehalten. Ihre Stimme wurde tief, ihre Bewegungen eckig und sie wuchs.

Etwa zur gleichen Zeit musste ihre Begeisterung für den Zirkus angefangen haben. Stevie erinnerte sich noch genau, wie sie die Plakate las und sich sehnlichst wünschte, jede Vorstellung besuchen zu dürfen. Ihr Erspartes reichte jahrelang nicht für eine Logenkarte, meist musste sie mit Mutter und ihren Schwestern in der hinteren Reihe die Vorführung ansehen. An dem Tag, als sie endlich genug Geld zusammenhatte, um ganz vorne sitzen zu können, erwischte sie ihre Mutter vor dem Spiegel und nannte sie zum ersten Mal Monster.

Stevie setzte sich auf und stoppte das Schaukeln. Es war nicht gut, an Zeiten zu denken, die vorbei waren. Sie hatte sich längst von ihrer Mutter befreit. Oder nicht?

»Doch!«, sagte Stevie laut und legte sich wieder hin. Sie würde eine Mutprobe machen, jetzt gleich. So hatte sie schon oft die Gespenster ihrer Vergangenheit vertrieben. Sie erinnerte sich an jedes Detail, jedes Gefühl, und wenn sie danach feststellte, dass sie nicht gestorben war, dann beglückwünschte sie sich selbst.

Stevie war siebzehn und wollte ihren ersten Zirkusbesuch, den sie allein unternehmen würde, zelebrieren. Ein besonderer Tag brauchte eine besondere Kleidung. Sie nahm ein schickes neues Jeanshemd ihres Vaters aus dessen Schrank und probierte es an. Es war nur an den Schultern ein wenig zu groß. Zufrieden stopfte Stevie das Hemd in die Jeans und schloss den Gürtel. Sie zupfte am Kragen herum, strich über ihre Brust, drehte sich vor dem Spiegel seitlich und musterte sich kritisch. Sah man etwas? Stevie war sich unsicher. Ihre Brüste waren klein geblieben, zum Glück, aber dennoch standen sie hervor und drückten durch das Hemd. Da hatte sie eine Idee. Aus dem Badezimmer holte sie eine breite Binde aus dickem, elastischem Gewebe, zog sich aus und wickelte ihre Brüste ein. Es war schwierig, immer wieder verrutschten die Streifen, aber schließlich hatte sie es geschafft, und gerade als sie das erste Häkchen schloss, hörte sie Schritte auf dem Flur. Sie griff nach dem Hemd, versuchte hineinzuschlüpfen, blieb aber in einem Ärmel stecken, weil er halb auf links gedreht war. Die Tür ging auf.

Mutter. Sie starrte und starrte und sagte kein Wort. Ihre Augen huschten über Stevies Körper, rauf und runter und immer wieder über die Binde. Schließlich ließ sie die Klinke los und verschränkte die Arme. Sie hob das Kinn und wurde rot im Gesicht. Jetzt wusste Stevie, dass sie wütend war. Und sie spürte auch, dass sie selbst vor Wut kochte. Sie sollte sich schämen, das würde Mutter gleich sagen. Aber Stevie schämte sich nicht.

Sie hakte den zweiten Bindenverschluss fest. Dann drehte sie den Hemdärmel richtig herum und zog sich an. In Ruhe schloss sie die Knöpfe und griff dann zur Bürste, ein wenig vorgebeugt kämmte sie ihr Haar nach hinten und pfiff tonlos durch die Zähne. Jetzt fühlte sie sich stark. Nur noch die schmale Lederkrawatte fehlte, dann konnte sie gehen. Sie knüpfte den Knoten und warf einen letzten prüfenden Blick in den Spiegel.

Sie sah verdammt gut aus. Grinsend wandte sie sich zur Tür.

Mutter verstellte ihr den Weg. »So gehst du nicht aus dem Haus!«

»Ich habe eine Karte für den Zirkus.«

»Ja, da passt du hin, geh nur zu den Affen und tritt dort auf.«

»Vielleicht mache ich das sogar.«

Da schlug Mutter ihr ins Gesicht. Es brannte.

»Ich gehe jetzt.«

»So nicht. Hast du nicht gehört?«

Stevie versuchte, sich an ihr vorbeizudrücken, wollte sie einfach ignorieren.

Mutter schlug ihr ins Gesicht, auf den Kopf, die Schultern, schlug auf alles, was sie treffen konnte.

»Hast du nicht gehört, hast du nicht gehört, was ich dir sage?«, schrie sie.

Stevie hielt ihre Handgelenke fest. Es war einfach so geschehen. Ein Reflex, ein Gefühl, das sagte: Jetzt reicht es. Kurz flackerte ein Triumphgefühl in Stevie auf. Mutter konnte ihr nichts mehr tun. Fest an den Handgelenken gepackt, schob sie sie zur Seite. Dann sah sie ihr in die Augen und stockte.

So viel Abscheu und Ekel in ihrem Blick. »Stephanie, du bist ein Monster!«

Stevie ging mit steifen Knien die Treppe hinunter. Neben der Haustür auf der Garderobenablage stand Mutters Handtasche. Mit einem Griff zog sie den Geldbeutel heraus, nahm einen Zwanzigmarkschein und steckte ihn in ihre Hosentasche. Dann warf sie den Geldbeutel auf die Ablage und schlug die Haustür hinter sich zu.

Monster, flüsterte es in ihrem Nacken, und sie spürte den Blick ihrer Mutter, bis sie die Zirkuskasse erreicht hatte.

Danach verlor Stevie nie wieder das Gefühl, Mutter würde sie mit Abscheu ansehen. Ihre Augen schienen keinen anderen Ausdruck mehr annehmen zu können, wenn sie mit Stevie sprach oder sie einfach nur ansah. Umso wichtiger wurde Middies Bewunderung. Stevie bemühte sich, ihrer Schwester zu gefallen. Sonst gab es ja niemanden. Vater kam schon lange nicht mehr nach Hause.

Seit Stevie sich gewehrt hatte, ließ Mutter sie in Ruhe, sie konnte kommen und gehen, wie sie wollte, sie durfte die Kleidung tragen, die ihr gefiel, fast war es, als sei sie gar nicht mehr da. Einerseits erleichterte das Stevie, sie musste nicht mehr kämpfen, aber die Kälte und Zurückweisung schmerzte.

Eines Abends kam sie spät nach Hause. Sie war in der Nachtvorstellung des Zirkus´ gewesen und hatte sich danach noch mit den Akrobaten unterhalten, die sie inzwischen kennengelernt hatte. Sie sprachen über Tricks und Training und Stevie übte fleißig an der Teppichstange im Garten.

Sie huschte die Treppe hinauf und öffnete Middies Zimmertür.

»Stevie?« Middies Stimme klang belegt.

»Bist du wach? Ich muss dir was erzählen.« Stevie warf die Jacke auf den Boden, streifte die Schuhe ab und legte sich zu Middie.

Sie tastete nach Middies Gesicht, wollte ihr einen Kuss zur Begrüßung geben, da spürte sie, dass Middies Wangen nass waren.

»Weinst du? Warum? Was ist passiert?«

»Ach, das Übliche.« Middie schniefte. »Schön, dass du da bist. Ich hab auf dich gewartet.«

»Brauchst du ein Taschentuch?« Stevie setze sich auf, knipste die Nachttischlampe an und holte ein Tempo aus der Schublade.

»Hier. Ach du Scheiße, wie siehst du denn aus?«

Middie hatte eine Platzwunde an der Stirn und verquollene Augen.

»Halt mich einfach fest«, sagte Middie.

Stevie nahm sie in Arm und streichelte ihre Schulter. Sie fühlte sich scheußlich, denn sie hatte den Eindruck, dass ihre Schwester mehr denn je leiden musste, seit sie sich gewehrt hatte. Was konnte sie tun?

»Wo warst du? Du riechst so seltsam«, fragte Middie.

Stevie erzählte ihr von der Zirkusschau, die sie gesehen hatte, und freute sich, dass sie ihre Schwester beruhigen und sogar ein wenig zum Lachen bringen konnte.

»Schlaf bei mir«, bat Middie. »Geh nicht weg.«

Sie bettete den Kopf auf Stevies Schulter und war bald eingeschlafen.

In dieser Nacht schwor sich Stevie, Middie zu beschützen. Ihr Herz schmerzte vor Liebe zu ihrer Schwester, vor Wut auf ihre Mutter und vor Verzweiflung über ihre Ohnmacht.

Begegnung

Wieder begann es nachts. Middie erwachte von einem Geräusch. Stocksteif lag sie im Bett und hielt den Atem an. Stille. Dann begann das Gerumpel von Neuem. Was war das für ein Geräusch? Es klang wie Möbelrücken, wie Holz, das an die Wand schlug. Unmöglich konnten die Geräusche aus dem dritten Zimmer kommen, denn es war jetzt zugemauert. Niemand war dort!

Middie stand auf und öffnete leise die Tür zum Flur. Das Geräusch kam eindeutig aus dem dritten Zimmer. Middie stand vor der Garderobe, von der frisch gemauerten Wand war nichts zu sehen. Das Tier, das sich darin befinden musste, würde irgendwann sterben.

Während sie sich in der Küche ein Glas Wasser holte, versuchte sie, nicht daran zu denken, dass es ein Tier mit Fell sein könnte, das nun litt und jämmerlich verhungerte. Nein, es war ein Ungeheuer, das es nicht anders verdient hatte. Zwar hatten die Geräusche jetzt aufgehört, aber sie hatte Angst, sich ins Bett zu legen, denn sobald sie schlief, würde das Tier vermutlich wieder anfangen herumzutoben. Ob im dritten Zimmer oder in ihrem Kopf. Im Grunde war es egal, woher die Geräusche kamen. Es machte sie verrückt. Besser sie blieb auf und suchte sich eine anstrengende Arbeit.

Unschlüssig wanderte sie durch das Wohnzimmer und sah zur Terrassentür in den Garten hinaus. Erste Strahlen erhellten den Himmel und sie konnte die Hollywoodschaukel unter dem Apfelbaum erkennen.

Jemand saß darin.

Es war Stevie!

Das Glas fiel aus ihrer Hand, aber Middie hörte kaum das Klirren, als es zersprang. Wasser spritzte auf ihre nackten Füße. Sie hielt die Hände vor die Brust, ihr Herz klopfte bis zum Hals, sie keuchte. Mit weichen Knien rutschte sie zu Boden. Im nächsten Moment spürte sie einen Stich im Gesäßmuskel und fuhr herum, dabei fasste sie in die Glasscherben. Sie zuckte zurück. Aus ihren Handflächen sickerte Blut hervor. Panisch sah sie in den Garten. Stevie rührte sich nicht, saß mit hängenden Schultern da und starrte vor sich hin.

Middie tastete nach dem Glassplitter in ihrer Handfläche, mit einem Ruck riss sie ihn heraus. Sie sah dem dünnen Rinnsal aus Blut zu, wie er über den Handballen lief, dann erst kam der Schmerz. Ihr wurde übel. Sie wollte die Stirn an die Terrassentür lehnen, suchte die Kühle der Scheibe, aber sie verschätzte sich in der Distanz und knallte dagegen. Ein dumpfer Schlag ertönte. Middie fuhr zurück und sah gleichzeitig, dass Stevie den Kopf drehte.

Schnell rutschte sie auf Knien von der Tür weg, drückte sich gegen die Wand und atmete tief durch. Sie hatte Blutspuren auf dem Boden hinterlassen. Es sah aus wie nach einem Kampf.

Nein, sie musste nicht mehr kämpfen. Sie hatte ihre Entscheidung getroffen: kein Kontakt mehr mit Stevie. Es war vorbei. Für immer.

Es klopfte an die Scheibe.

»Geh weg«, schrie Middie. »Ich will dich nicht sehen.«

»Middie!« Stevie klopfte noch einmal, vorsichtig. »Middie, mach auf.«

»Verschwinde.«

»Bist du verletzt?«

Stevie musste das Blut und die Scherben sehen können.

»Mir geht es gut. Und jetzt hau ab.« Middie drückte die Hände auf die Oberschenkel. Der Schmerz war gut, er machte sie wach. Sie erhob sich und ging in einem Bogen um die Scherben, sah hinaus zu ihrer Schwester, die dicht vor der Scheibe stand, sah ihr geradewegs in die Augen und schrak nicht zurück. Wie ein Schatten ragte sie vor ihr auf. Einen Kopf größer als Middie. Aber Stevie hatte keine Macht mehr über sie.

Sie trug ein fadenscheiniges Jackett, offensichtlich lebte sie immer noch auf der Straße. Middie spürte leichtes Mitleid, aber nicht genug, um sie retten zu wollen.

Sie lächelte, weil sie merkte, dass sie sicher war.

Endlich.

»Willst du nicht wissen, wo ich war?«, fragte Stevie. Sie brauchte nicht laut zu sprechen, das Fenster neben der Terrassentür stand gekippt und ihre Stimme war gut zu verstehen.

Middie schüttelte den Kopf. Sie würde nicht auf das alte Spiel einsteigen.

Stevie presste die Hände gegen die Scheibe. »Komm, mach schon auf, damit ich deine Wunden versorgen kann.«

Middie sah auf ihre Handflächen. Da waren keine Scherben mehr. Sie ging einen Schritt rückwärts, da durchzuckte sie wieder der Schmerz. Erschrocken griff sie nach hinten. Es musste noch ein Stück Glas in ihrem Gesäß stecken.

»Ich helfe dir«, sagte Stevie etwas lauter.

Middie zögerte. Sie konnte die Scherbe nicht alleine finden.

»Middie.«

Was hatte sie diese tiefe, weiche Stimme vermisst!

Stevie konnte die Scherbe herausziehen, bevor eine Entzündung entstand. Früher hatte sie auch immer die Splitter mit der Pinzette entfernt, wenn sich Middie beim Arbeiten einen zugezogen hatte.

»Mach auf.«

Sie konnte Stevie spüren. So nah. Nur eine Scheibe trennte sie. Sie würde stark sein, jetzt konnte sie ihrer Schwester begegnen. Alles war anders geworden.

»Ich hole eine Pinzette und komm in den Garten. Du sollst mein Haus nicht betreten«, sagte Middie fest.

Jeder Schritt schmerzte, aber sie biss die Zähne zusammen und suchte nach der Pinzette, dem Verbandszeug und Desinfektionsmittel. Dann verließ sie durch die Vordertür das Haus. Später würde sie die Scherben wegkehren.

Kaum war sie um die Hausecke gebogen, da begann sie zu laufen. Sie achtete nicht auf den Schmerz, spürte nur noch die Sehnsucht, die sie zu Stevie zog. Alle Vorsätze, Distanz zu halten, lösten sich auf.

Stevie kam ihr ein paar Schritte entgegen und hob sie hoch. Middie schlang die Arme um ihren Hals und drückte sich fest an sie.

»Wo bist du gewesen?«, fragte sie atemlos.

»Ich habe die Welt umrundet und dir einen Schatz mitgebracht«, antwortete Stevie und trug sie zur Hollywoodschaukel.

»Es tut mir leid«, sagte Stevie.

»Mir auch.« Middie wusste, dass sie nicht das Gleiche meinten. Sie saßen in der Küche, tranken Kaffee.

Middie spürte wieder, dass sie Stevie nicht sehen wollte, und fragte sich, warum sie zu ihr gegangen war. Im Wohnzimmer war sie sich so sicher gewesen, aber als sie im Garten auf Stevie zurannte, war sie wie umgedreht. Jetzt, hier in der Küche, verstand sie sich selbst nicht mehr. Sie hatte alle ihre Vorsätze vergessen, sich verhalten wie eh und je. Bei dem Gedanken daran, was auf der Hollywoodschaukel geschehen war, stieg ihr die Schamröte ins Gesicht. Stevie schaufelte Zucker in ihre Tasse. Middie zählte die Löffel. Drei, vier. Nichts hatte sich geändert. Hatte sie das ernsthaft erwartet?

»Na, dann erzähl mal«, forderte Stevie sie auf.

»Was?«

»Wie du zu dem Haus kommst.«

Middie zuckte mit den Achseln. »Was willst du? Du warst verschwunden.«

Stevie nahm die Tasse nicht am Henkel, sondern ergriff sie mit der ganzen Hand und trank draus, leckte sich die Lippen und grinste. Middie hasste sie dafür. Was tat sie so überheblich?

»Trotzdem steht mir ein Erbteil zu.«

»Ach, dich hat das Haus doch nie interessiert.«

»Das Geld könnte ich schon gebrauchen. Also, wie hast du es

angestellt? Meine Unterschrift gefälscht? Ein Konto auf meinen Namen eröffnet und so getan, als hättest du mir mein Erbteil überwiesen? Hm?«

Middie schwieg.

Stevie lachte leise. »Du überraschst mich. So eine Gaunerei. Zzz.« Sie schüttelte den Kopf.

»Du hast mir nicht geholfen, als sie krank wurde. Du warst wie vom Erdboden verschluckt. Ich habe mich um alles gekümmert. Ganz allein.«

»Ja, das stimmt, du hast viel mitgemacht, deswegen kannst du alles behalten. Ich hab nur Spaß gemacht.«

»Wie großzügig.« Middie hörte Mitgefühl und Bedauern in Stevies Stimme, aber sie wollte keine Dankbarkeit zeigen.

»Es ist mir wirklich wichtig, dass es dir gut geht. Ich finde nur, du könntest ... ach egal.«

»Was könnte ich, nun sag schon?«

»Naja, die Gegend ist so spießig.«

»Mir gefällt es, du brauchst jetzt auch nicht mehr zu kommen. Mutter ist tot und ich will meine Ruhe.«

Stevies Tigeraugen wechselten die Farbe. »Das kam mir vorhin aber anders vor.«

Middie errötete.

Stevie lächelte. »Es gehören immer zwei dazu, Schwesterlein.«

Middie lächelte nicht zurück.

»Komm schon«, sagte Stevie, »was ist schon dabei? Wir sind erwachsen.«

»Eben. Deswegen muss es aufhören. Und dein Lächeln ist aufgesetzt.«

»Ach was.« Stevie lehnte sich zurück, kippte den Stuhl, schaukelte und schlürfte den Kaffee. Sie zwinkerte Middie zu.

Middie kannte dieses Gehabe.

»Komm runter von der Bühne. Hier ist das wirkliche Leben. Mach endlich die Augen auf.« Middie wurde wütend. So hatte ihre

Schwester immer gespielt und sie dazu gebracht, dass sie applaudierte. »Brauchst du es so sehr?«

Stevie hörte auf, mit dem Stuhl zu schaukeln, ließ ihn wieder nach vorne kippen und stellte die Tasse so abrupt hin, dass der Kaffee hinausschwappte.

»Ich brauche dich und du mich«, sagte sie eindringlich.

Middie hielt ihrem Blick stand, bis sie sah, dass sich Stevies Augen mit Tränen füllten. So kannte sie ihre Schwester nicht.

»Warst du in meinem dritten Zimmer?«, fragte Middie harsch.

Stevie blinzelte die Tränen weg und sah sie erstaunt an.

»Ich war nur in deinem Schuppen, ich wusste ja nicht, dass er dir gehört, sonst hätte ich gleich bei dir geklingelt.«

»Du hast die Puppe nicht genommen?«

Mit Erstaunen sah Middie, dass Stevie rot wurde. Sie fuhr mit dem Finger durch die Kaffeepfütze auf der Tischplatte.

»Ich dachte, sie würde dir nicht fehlen. Du hast nie mit ihr gespielt. Du hattest doch die mit den langen Haaren, weißt du noch?«

»Was hat das mit der anderen Puppe zu tun?« Middie stutzte. »Moment, du hast sie damals schon geklaut?«

»Was heißt geklaut«, sagte Stevie. »Wir sind doch eine Familie, jetzt nimm das nicht so eng.«

Middie lachte auf. »Unglaublich! Du hast die Puppe mitgenommen, als du abgehauen bist? Vor ... vor, warte, lass mich rechnen. 22 Jahren? Und seit damals schleppst du sie herum?«

»Ja, stimmt genau.« Stevie sah sie herausfordernd an. Als wolle sie hinzufügen: Was bist du für eine lieblose Puppenmutter, dass du es nie bemerkt hast.

»Ich habe sie nie vermisst.« Im gleichen Moment bereute Middie ihre Worte. Sie glaubte, ein Zucken in Stevies Gesicht gesehen zu haben.

»Dich habe ich immer vermisst, das weißt du«, fügte sie schnell hinzu, aber dann ärgerte sie sich, dass sie Stevie beruhigte, dabei war sie diejenige, die gelitten hatte. »Du hast ... Du hast mich im Stich gelassen, obwohl du wusstest, dass sie mich schlagen würde und all das andere auch.«

»Middie, ich konnte dich nicht mitnehmen, du warst zu jung.«

»Dann hättest du bei mir bleiben müssen und mich beschützen.« Plötzlich schwappten die alten Gefühle in ihr wieder hoch.

Stevie rieb sich die Fingerknöchel. »Ich konnte nichts gegen sie tun, das weißt du. Sie war gnadenlos. Ich dachte, ich sterbe, wenn ich bleibe. Und ich bin heute davon überzeugt, dass es so gekommen wäre.«

Middie staunte, dass Stevie über ihre Gefühle sprach, das kannte sie nicht von ihr.

»Warum hast du mich besucht und dann wieder allein gelassen? Weißt du, wie scheußlich jeder Abschied war? Und als ich dir sagte, ich halte es nicht mehr aus, da hättest du mich mitnehmen können, ich war älter.«

»Middie, Middie, ich lebe auf der Straße. Das ist kein Ort für dich.«

»Du hast immer eine Ausrede. Du bist eine Schwätzerin.« Middie hielt die Luft an und sah auf Stevies gebeugte Schultern. Mit dem Ausatmen sagte sie: »Jetzt verlange ich von dir, dass du wegbleibst, weil ich dich nicht mehr brauche.«

Stevie lachte. »Du bist doch froh, wenn ich wiederkomme.« Sie stand auf und legte eine Hand auf Middies Schulter.

»Diesmal ist es anders.« Middie schlug die Hand weg und sprang auf.

»Okay, okay. Beruhige dich. Ich werde die netteste Schwester sein, die es gibt.«

»Genau das glaube ich dir nicht mehr. Das hast du so oft gesagt und es hat nie funktioniert.«

»Ab heute«, sagte Stevie. »Versprochen.«

Sie legte die rechte Hand aufs Herz und sah Middie ernst an.

Middie schlug ihr ins Gesicht. »Hör auf mit dem Theaterspielen!«

Sie hasste es, wenn Stevie in eine Rolle schlüpfte. Konnte sie denn niemals echt sein, authentisch?

»Gibt es dich denn überhaupt? Oder nur deine verdammten Rollen?« Middie weinte vor Wut.

Stevie ging zur Tür. »Vermutlich bin ich innerlich leer. Aber nicht einmal das weiß ich von mir.«

Und Middie hatte das Gefühl, dass Stevie zum ersten Mal die Wahrheit sagte. Sie folgte ihr durch den Flur, ins Wohnzimmer und Schlafzimmer. Stevie sah in jede Ecke, öffnete Schranktüren und Schubladen.

»Wo ist die Puppe?«, fragte sie.

»Du willst allen Ernstes dieses alte, kaputte Ding wiederhaben? Mit dir stimmt doch was nicht.«

Stevie hob sogar die Bettdecke hoch.

»Also, wo ist sie?«, fragte sie. Middie stand in der Schlafzimmertür und spürte die zugemauerte Fläche näher kommen. Irritiert drehte sie sich um und sah das rötliche Holz der Mahagonigarderobe an. Ihre Jacke hing an einem der Haken, ein Regenschirm an einem anderen. Middie glaubte eine winzige Spur Staub, Mörtelstaub, auf dem Boden erkennen zu können, aber sonst wies nichts darauf hin, dass sich dahinter der Eingang zu einem Raum befand. Stevie drückte sich an ihr vorbei und ging ins Badezimmer. Middie hörte, wie sie die Türen des Schränkchens auf und zu machte.

»Nimmst du immer noch diesen Scheiß?«, rief Stevie. »Das brauchst du nicht, du bist vollkommen okay. Das macht dich doch nur dumm.«

Ja, dumm und dumpf. Und das war nötig.

Stevie sollte endlich gehen! Wenn die Puppe nicht im dritten Zimmer liegen würde, dann hätte sie ihr das verdammte Ding jetzt in die Hände gedrückt und sie hinausgejagt.

Plötzlich stand Stevie vor ihr, packte ihre Oberarme und schüttelte sie.

»Hol die Puppe! Hol die verdammte Puppe!« Ihr Gesicht war rot und aufgelöst, sie wirkte panisch.

»Lass mich los! Was willst du denn damit?«

»Das geht dich gar nichts an. Jahrelang hast du sie nicht vermisst.«

»Man könnte meinen, du schmuggelst Drogen in ihrem Bauch.« Middie lachte auf und endlich ließ Stevie sie los. Sie rieb sich die Oberarme. Stevie dachte nie daran, wie stark sie war. Schon oft hatte sie blaue Flecke auf ihrer Haut hinterlassen.

Stevie strich sich mit beiden Händen durch die Haare und sah verzweifelt aus. Einen Schritt zurückweichend sah Middie unwillkürlich zur Garderobe. Wieder hatte sie den Eindruck, als käme die zugemauerte Wand näher. Stevie bemerkte ihren Blick.

»Lass bloß den Schirm hängen«, drohte sie.

Middie zuckte zusammen. Den Schirm hatte sie gar nicht bewusst wahrgenommen, sondern nur gefürchtet, das dritte Zimmer würde sich bemerkbar machen, sie verraten. Doch Stevie erinnerte sich offenbar daran, wie Middie sie einmal mit einem Schirm attackiert hatte. Der Schirm war hinterher verbogen gewesen und Stevie hatte nur gelacht. Sie hatte Middie nie ernst genommen, meist einfach hochgehoben und so lange herumgetragen, bis sie aufhörte, zu schreien. Es war ihr egal gewesen, wenn sie auf ihren Schultern oder ihrem Kopf herumtrommelte. Stevie war unempfindlich gegen Schmerz. Umso mehr wunderte sie sich jetzt, dass sie so aufgewühlt war – wegen einer Puppe.

»Du ekelst mich so an.« Middie verschränkte die Arme. »Stephanie.«

Stevies Wangenmuskeln zuckten, sie sah zu Boden, steckte die Hände in die Hosentaschen und Middie bemerkte, dass sie die Luft anhielt. Dann stieß sie pfeifend den Atem aus.

»Okay«, presste sie hervor und ging an ihr vorbei zur Haustür hinaus.

Middie sah verblüfft, wie die Tür ins Schloss fiel. Sie hatte sich auf einen längeren Streit eingestellt und schon nach Argumenten gesucht. Der Klang der zugeknallten Tür hing noch im Raum, schwappte wie ein Echo hin und her und sagte ihr, dass es endgültig war. Vorbei. Gewonnen.

Allein.

Middie riss die Tür auf und sprang die drei Stufen hinunter. Sie hielt Ausschau nach ihrer Schwester. Suchte mit den Blicken die Straße ab, es gab keinen anderen Weg, den sie nehmen konnte.

Die Straße war leer. Nur Ellens Van stand schräg auf dem Gehsteig und versperrte zur Hälfte ihre Ausfahrt.

Middie wollte ums Haus herumrennen und nachsehen, ob Stevie zum Schuppen gegangen war, da bewegte sich der Mietwagen. Rollte rückwärts. Hatte sie vergessen, die Handbremse anzuziehen? Im gleichen Moment schlug der Wagen schräg ein und Middie erkannte Stevie am Steuer. Sie fuhr rückwärts, rammte Ellens Auto und raste mit quietschenden Reifen die Straße hinunter.

Middie rannte so schnell sie konnte hinterher.

»Stevie!«, schrie sie und fuchtelte mit den Armen. »Bleib hier!«

Aber der Wagen bog ohne zu blinken um die Ecke auf die Hauptstraße ein und war nicht mehr zu sehen.

Keuchend blieb Middie mitten auf der Straße stehen. Ihre Augen füllten sich mit Tränen. »Bleib doch bei mir.«

Stevie musste die Autoschlüssel von der Garderobenablage genommen haben. Verdammt. Es war wie immer: Es schmerzte fürchterlich, dass Stevie sie wieder allein ließ. Wie oft hatte sie schon zurückbleiben müssen?

Die Wunde in ihrem Gesäßmuskel pochte. Sie spürte die Druckpunkte, wo Stevie ihre Oberarme festgehalten hatte.

»Ich hab dir ja gesagt, dass es dir Ärger ins Haus bringt, wenn du die Tür nicht verlegst«, rief Freya.

Die Alte stand neben ihrem ausgehängten Gartentürchen, die Arme in die Seiten gestemmt, und sah sehr zufrieden aus. Ihr lila Samtkleid schimmerte im Morgenlicht, ihre weißen Haare hatte sie zu Zöpfen geflochten.

»Der kommt wieder«, sagte sie.

Middie folgte sofort Freyas Blick. Eine Sekunde lang dachte sie, dass Stevie tatsächlich umgedreht wäre.

»Ich bin froh, dass ich allein bin.«

»Ach was«, sagte Freya. »Ich sehe es in deinem Herzchakra. Seins hat übrigens die gleiche Farbe.«

»Was für eine Farbe?«, fragte Middie.

»Malve. Eigentlich ein bisschen zu rot für das Herz ...«

Middie fiel ihr ins Wort. »Was weißt du schon von ihm – von *ihr*.«

Freya legte den Kopf schief. »Also eine Frau, hm. Dachte ich doch, dass es zu viel Rot ist.«

»Ich habe dieses Haus gekauft, damit ich weit weg von ihr leben kann, ohne sie. Und das habe ich ihr heute Morgen ganz deutlich gesagt.«

»Deswegen rennst du jetzt hinter ihr her. Ich verstehe.« Freya lächelte.

»Ach, du weißt gar nichts.« Middie ging zurück ins Haus.

Sie blieb im Hausflur stehen und atmete tief durch. Plötzlich sprang die Lampe an, flackerte und erlosch wieder. Middie betätigte mehrmals den Schalter. Die Lampe ging an und aus. Sie war in Ordnung. Irgendwo musste ein Wackelkontakt sein, der ausgelöst wurde, wenn sie zur Tür hereinkam. Sie ging ins Wohnzimmer und kehrte die Glasscherben zusammen. Das Wasser war verdunstet. Sie wischte die Blutspuren weg und fühlte sich besser. Stevie war gegangen, ihretwegen konnte sie das Auto gegen die Wand fahren. Egal, Hauptsache sie blieb weg.

Während Middie duschte und frühstückte, fragte sie sich, warum sie auf der Straße hinter Stevie hergerannt war. Von dieser Anwandlung spürte sie jetzt nichts mehr. Sie fühlte sich stark und wusste, dass sie die richtige Entscheidung getroffen hatte, als sie Stevie wegschickte. Falls Stevie wiederkommen würde, würde sie ihr endgültig klar machen, dass sie nie wieder auftauchen sollte. Dass sie »Stephanie« gesagt hatte, war unfair und verletzend, dafür würde sie sich entschuldigen. Aber mehr nicht.

Sie ging in den Garten, um Stevies Koffer zu holen, sie wollte ihn wegwerfen. Der Koffer stand neben der Hollywoodschaukel, so wie am frühen Morgen, als sie hier gelegen hatten und Stevie ihre Wunden versorgt hatte.

Middie setzte sich und starrte den verschrammten Koffer an. Ein Sturzbach von Tränen brach aus ihr hervor.

Stevie! Sie fehlte ihr.

Middie spürte die Sonne in ihrem Gesicht. Sie trocknete ihre Augen mit dem Ärmel und ging zum Gartenzaun. Freya lag nicht in der Hängematte, auch das Strickzeug war nirgends zu sehen. Middie klopfte an die Haustür und trat schließlich ein.

»Freya?«, rief sie.

Es war still im Haus. Middie sah von der Küche aus zum Fenster hinaus. Vielleicht war die Alte im hinteren Teil ihres Gartens? Aber dort wippte nur das Unkraut im Windhauch.

Gerade als Middie die Küche verlassen wollte, fiel ein Sonnenstrahl durch das Fenster und etwas blitzte auf. Es war das Bild des Soldaten, Freyas Ehemann. Dann bemerkte sie die Schublade, die unter dem Regal angebracht war. Es geht mich nichts an, dachte Middie, aber da hatte sie schon die Schublade aufgezogen und hineingesehen. Eine Pistole. Schwarz. Bedrohlich.

Middie hatte noch nie eine Pistole gesehen, außer im Fernsehen. Sofort stieß sie die Schublade wieder zu und rannte aus dem Haus. Bevor sie auf den Gehweg trat, sah sie noch einmal zurück. Freyas rotes Fahrrad stand nicht an der Hausmauer.

Middie wanderte in ihrem Haus hin und her und dachte nach. Jetzt war sie froh, dass Freya nicht da gewesen war. Sie musste selbst herausfinden, was mit ihr los war oder mit dem Haus. Über die

Terrassentüre ging sie mehrmals in den Garten und wieder zurück ins Wohnzimmer. Jedes Mal änderten sich ihre Gefühle, draußen sehnte sie sich nach Stevie, drinnen spürte sie klar und deutlich, dass sie sie nicht mehr sehen wollte. Zuerst dachte sie, es läge am Koffer, der sie an Stevie erinnerte, aber als sie ihn in den Flur stellte, bekam sie den Impuls ihn wegzuwerfen, damit alle Erinnerung an Stevie ausgelöscht wäre.

Am deutlichsten spürte sie ihre Gefühle vor dem dritten Zimmer. Hier konnte sie klar erkennen, dass die Zeit mit Stevie vorbei sein musste, wollte sie zur Ruhe kommen. Middie setzte sich vor der Garderobe auf den Boden und beobachtete ihre inneren Regungen. Da war noch mehr, als die Klarheit, eine eigenartige Unruhe. Sie glaubte, das Zimmer rufe sie oder es wolle etwas herauskommen. Die Wand in ihrem Rücken fühlte sich heiß und lebendig an, wie das Fell eines Tieres, eines riesigen Tieres. Middie sprang auf. Mit weichen Knien ging sie rückwärts und musterte die Garderobe genau.

Die Wand lebte nicht, so etwas gab es nicht.

Um die Mittagszeit knurrte Middies Magen und sie stellte erschrocken fest, dass sie nichts anderes getan hatte, als im Haus herumzulaufen und nachzugrübeln. Sie hatte weder ans Einkaufen noch ans Kochen gedacht.

Als sie ihren Geldbeutel nahm und zu Fuß Richtung Ortsmitte ging, sagte die Stimme ihrer Mutter: Aus dir wird ja doch nichts.

Seltsam, den ganzen Vormittag hatte sie die Stimme ihrer Mutter nicht gehört. Normalerweise tauchte sie bei allen Tätigkeiten auf und kommentierte Middies Tun. Niemals war sie zufrieden, nur etwas stiller, wenn Middie fleißig war, so wie ihre Mutter das immer von ihr verlangt hatte.

Die Grübeleien über Stevie hatte die Mutter nicht kommentiert. Noch nie. Das fiel Middie erst jetzt auf. Lag es daran, dass ihre Mutter keinerlei Vorstellung davon gehabt hatte, wie das Verhältnis zwischen ihr und ihrer Schwester tatsächlich aussah? Verblüfft hielt Middie in ihrem Schritt inne.

Ein Wagen fuhr langsam heran und bremste neben ihr.

»Wollen Sie mitfahren?« Es war Ellen.

Middie sah sie verwirrt an. Sie war so sehr mit ihren Gedanken in der Vergangenheit und bei Stevie gewesen, dass sie sich wunderte, woher Ellen kam. Die neue Nachbarin. Das neue Leben. Das war jetzt wichtig. Middie spürte wieder ihren Hunger und wollte so schnell wie möglich mit den Einkäufen fertig werden. Sie stieg ein.

»Irgendein Idiot hat mich gerammt. Der hintere Kotflügel ist eingedrückt. Rote Kratzer sind auch zu sehen. Wo ist eigentlich Ihr Mietwagen? Haben Sie ihn zurückgegeben?« Ellen sah sie misstrauisch an.

»Ich war es nicht.« Middie lachte. »Aber es ist weg. Stellen Sie sich vor, ich hab es sozusagen hergegeben.«

Ellen sah sie mit hochgezogenen Augenbrauen an, aber dann lachte sie mit. »Ein bisschen verrückt sind Sie schon.« Sie nickte anerkennend. »Wir sollten uns ab jetzt duzen.«

»Du findest Verrücktsein gut?«

»Man sollte täglich eine Verrücktheit unternehmen. Das ist meine Lebensphilosophie.«

»So nach dem Motto: heute schon ver-rückt?«

»Genau. Was soll es heute sein?«

»Beeile dich, ich habe meinen Teil schon geleistet.« Middie wischte sich die Lachtränen weg. »Wo fährst du hin?«

Das Ortszentrum von Heumaden lag längst hinter ihnen, Ellen bog auf die Schnellstraße ein. »Ich entführe dich.«

»Kannst du gerne tun. Aber denk daran, ich habe Hunger.«

»Wunderbar, das erleichtert die Zielsuche.«

Der Duft von Ellens Haar flog durch das Wageninnere, als sie eine Strähne schwungvoll aus dem Gesicht strich und den höheren Gang einlegte. An ihrem Handgelenk klirrte leise die Kette ihrer Armbanduhr. Sie trug eine weiße Bluse ohne Kragen mit einer gehäkelten Borte unter der Brust. Middie glaubte, das Spitzenmuster des BHs durchschimmern zu sehen. So etwas Gewagtes würde sie selbst nie tragen. Middie trug ein graues T-Shirt und nur schlichte weiße Wäsche, alles andere käme ihr obszön vor.

Ellen bremste scharf. »Wir sind da.«

»McDonald`s? Das ist nicht dein Ernst!« Middie sah entsetzt über den überfüllten Parkplatz zum gelben M.

»Das ist meine Verrücktheit. Steig aus.« Ellen marschierte los. Erst als Middie sie eingeholt hatte, drückte sie auf den Schlüssel und das Geräusch der Verriegelung ratschte hinter ihnen.

»Wir hätten ruhig an einem der Tische essen können. Die Inneneinrichtung sah gar nicht so schlecht aus. Ich war ganz erstaunt über die braunen und beigefarbenen Lederbänke und ... oh!«

Middie erwischte den Karton mit den Pommes frites in letzter Sekunde, bevor er in den Fußraum sauste. Zwischen ihren Schenkeln hielt sie eine braune und eine weiße Tüte.

»So sparen wir Zeit«, meinte Ellen und langte nach der braunen Tüte, dem Kindermenü. Sie zog einen Colabecher heraus, ohne den Blick von der Straße zu nehmen. »Außerdem ist es lustiger.« Sie blies in den Plastikhalm und Middie hörte das Getränk blubbern, dann biss sie herzhaft in den Burger.

Middies schüttelte den Kopf. Die eleganteste Frau, die Middie je gesehen hatte, kleckste sich Ketchup auf die Hose. Middie nahm Ellen den Burger ab und rieb mit der Serviette über ihre Leinenhose. Zum Glück war sie braun und es würde kein Fleck zurückbleiben. Die Papierserviette war viel zu klein und viel zu hart. Schließlich klebten Middies Finger. Sie gab es auf. Ellen fischte sich während des Fahrens Pommes frites aus der Packung und Middie begann, ihren Burger zu essen. Da gehen wir nicht hin, sagte die Stimme ihrer Mutter. Wir ernähren uns gesund.

»Ich habe solchen Hunger«, brachte Middie zwischen zwei Bissen hervor. Sie sagte es mehr zu ihrer Mutter als zu Ellen.

»Geniere dich nicht, ich sage es nicht weiter.« Ellen lächelte breit. Hast du keine Manieren? Wir essen nicht mit den Fingern. Middies Mutter keifte. Middie leckte das Salz von den Fingern und zog ihren Getränkebecher aus der Tüte. Sie hatte Mineralwasser genommen. Middie zerrte am Becherdeckel.

»Ich würde ihn drauflassen«, riet Ellen.

»Ich hasse Strohhalme, die nicht einmal aus Stroh sind.« Endlich gab der Deckel nach, doch das Mineralwasser schwappte in die Tüte mit Middies angebissenem Burger und durchweichte sie in Sekundenschnelle. Als sie die Tüte hochhob, brach der Boden auf und Fleischkrümel, eingeweichtes Brötchen und Ketchup verdünnt mit Mineralwasser rutschten auf Middies Schoß.

»Oh, nein!« Sie wusste nicht, wohin sie zuerst greifen sollte, wischte an ihrer Hose herum und fegte dabei auch noch die zweite Tüte hinunter.

Ellen sah nur kurz zu ihr und verdrehte die Augen. Sie musste auf den Verkehr achten, denn vor ihnen sprang eine Ampel auf Rot. Sie bremste erst, dann gab sie Gas und fuhr doch noch über die Kreuzung. Von allen Seiten hupten die Autos.

Middie hielt sich am Türgriff fest und sah abwechselnd auf die Straße und hinunter in den Fußraum, wo die Essensreste herumrutschten. Ellen fuhr durch ein Wohngebiet und hielt mit einem Ruck vor einer Mauer aus Natursteinen. Dahinter sah man ein Meer von Kreuzen zwischen alten Bäumen. Middies Magen zog sich zusammen. Ihr war augenblicklich schlecht. Sie hasste Friedhöfe.

Ellen langte in den Fußraum zwischen Middies Beinen.

»Wo ist denn ... Ah, ich hab es!« Sie hob einen Drachenkopf aus braunem Plastik hoch. Im aufgerissenen Rachen steckte eine grüne Kugel.

»Wo bleibst du?« Sie stieg aus dem Wagen und öffnete das Friedhofstor. Die roten Augen des Ungeheuers in ihrer Hand blinkten.

Middie folgte ihr langsam. Bei jedem Schritt wirbelte sie eine kleine Staubwolke im Kies auf. Ihre Oberschenkel waren nass, ihre Finger klebrig und mit jedem weiteren Schritt fühlte sie sich mehr und mehr wie ein kleines Mädchen.

Ellen hockte sich vor ein Grab und sang ein Kinderlied.

»Es war eine Mutter, die hatte vier Kinder. Den Frühling, den Sommer, den Herbst und den Winter. Der Frühling ...«

Die Töne machten Middie schwindelig. Sie wollte den Namen des Kindes lesen, das hier beerdigt war. Aber die Lettern verschwammen vor ihren Augen und sie sah den Namen ihrer Schwester: *Jane Schmid.* Im Hintergrund drehte jemand einen Hahn auf und laut plätscherte das Wasser in eine Plastikkanne.

Middie starrte auf den grauen Granit des Grabsteins, war wieder zehn Jahre alt und ihre Mutter stand mit gefalteten Händen am Grab und sprach: »Mein armes Kleines. Du fehlst mir so sehr. Mein Ein und Alles. Warum bis du gegangen? Ich denke jeden Tag an dich und bin immer mit dir verbunden.«

Middie sagte: »Beten geht anders.«

Die Mutter drehte sich blitzschnell um und gab ihr mit dem Handrücken eine Ohrfeige. Als wäre nichts geschehen, beugte sie sich dann zum Grabstein und holte einen kleinen Besen hervor und begann den Stein und die Ummauerung abzukehren. Sie nahm die kleine Gießkanne, die auch hinter dem Grabstein aufbewahrt wurde, streckte sie in Middies Richtung und schüttelte sie ungeduldig, weil Middie sie nicht gleich entgegennahm.

Middie ging zum Hahn, hängte die Kanne ein und wartete, bis sie vollgelaufen war. Das Geplätscher machte sie nervös, von einem Bein trat sie auf das andere, sie musste dringend zur Toilette. Endlich war die Kanne voll und sie ging schnell zurück zum Grab. Die Mutter bekleckerte hingebungsvoll jede Primel und jedes Vergissmeinnicht. Dann hielt sie mit einem Seufzen die leere Kanne wieder Middie hin, ohne den Blick vom Grab zu nehmen.

Middie rannte zurück zum Wasserhahn, aber kaum hatte sie ihn aufgedreht und hörte das Plätschern, konnte sie den Drang nicht mehr zurückhalten. Ihr Gesicht wurde augenblicklich so heiß wie der Urin, der an ihren Schenkeln hinunterlief. Sie sah zu Boden und rührte sich nicht. Die Mutter kam nach einer Weile und holte die Kanne. Sie ließ Middie stehen.

Erst als sie fertig war, ging sie an ihr vorbei zum Ausgang.

»Es hätte dich treffen sollen«, sagte sie.

Middie rieb sich das Gesicht. Ellen hatte aufgehört zu singen, sie bohrte den Griff des Drachenkopfs in die Erde. Die roten Augen des Spielzeugs leuchteten zwischen Godzilla, Spongebob, Bart Simpson und anderen Plastikwesen.

»Kinder finden Blumen langweilig.«

Auf dem Grabstein stand Tobias Hoffmann in bunt bemalten Buchstaben. Middie konnte die Geburts- und Todesdaten nicht lesen, weil Ellen in diesem Moment aufstand und die Sicht versperrte.

»He, stehst du stramm? Entspann dich.« Ellen berührte Middies Arm.

Da erst spürte Middie, dass sie wieder die Hände auf die Hosennaht gedrückt hatte. Tatsächlich, sie stand stramm wie ein Soldat beim Appell – oder wie ein Kind, das jeden Moment Prügel erwartet.

Sie seufzte und strich sich die Haare zurück.

Ellen nahm sie am Arm.

»Komm. Wir gehen einen Kaffee trinken. Ich muss dir etwas Aufregendes erzählen.«

Der kleine Soldat

Stevie trat das Gaspedal durch und schlug aufs Armaturenbrett. »Scheiße! Scheiße!«

Die Wut hockte in ihren verkrampften Schultern und Halsmuskeln. Sie schaltete krachend in den nächsten Gang und der Fiat holperte vorwärts. Die Straße vor ihr sah aus wie ein grauer Tunnel, irgendwo flammte ein rotes Licht auf, Reifen quietschten, es hupte. Stevie wischte sich über die Augen und sah in den Rückspiegel. Sie hatte eine Kreuzung überquert, ohne es zu merken.

Dieses Rasen kannte sie, es war ein Gefühl, das sie kopflos machte. Am liebsten wollte sie das Auto beschleunigen, bis es abhob oder sich überschlug oder die Zeitgrenze überschritt und sich auflöste – im Nebel. Und sie auch. Sie hatte schon immer weg gewollt, weg von allem, und heute Morgen hatte sie es so deutlich gespürt wie noch nie.

Nach einigen Kilometern beruhigte sich ihr Herzschlag. Sie fuhr die Auffahrt zur Autobahn hoch. Ein Sattelschlepper donnerte an ihr vorbei, bevor sie die Einfädelspur verlassen konnte. Der Luftzug brachte den Fiat zum Schwanken und Stevie wurde mit einem Schlag klar im Kopf. Wenn sie weiterhin ihre Umgebung ausblendete, würde sie nicht mehr lange leben. Trauer schwappte in ihr hoch. Die Situation bot ihr ein Ende an. Mach Schluss, schrie irgendwas in ihr. Es schien so leicht, sie musste nur loslassen, dann wäre es vorüber.

Stevie umklammerte das Lenkrad. Sie ließ nicht los, hielt sich auf der Spur und raste Richtung Süden. Den Fiat jagte sie bis 140, mehr ging nicht. Vor den BMWs und Vertreterlimousinen musste sie von der Überholspur weichen, denn die fuhren so dicht auf und bedrängten sie mit Lichthupen, bis sie nachgab. Das heizte ihre Wut wieder hoch und sie überholte einen Lastwagen nach dem anderen. Das genügte, so konnte sie ihren Gedanken und Gefühlen davonrasen.

Nach einer Stunde las sie zum ersten Mal ein Schild: *Bad Dürr-heimer Kreuz 5 km.*

Verblüfft nahm sie den Fuß vom Gaspedal. Besinnungslos war sie in die Gegend ihrer Kindheit gefahren. Welcher Teil ihres Gehirns hatte sie gesteuert?

Nun überholten die Lastwagen. Die Wut war verflogen, an ihrer Stelle kroch ein flaues Gefühl in ihr herum. Angst. Sie hatte Angst.

Sie war tot. Wovor hatte sie also Angst? Vor den Grabsteinen?

Als sie die Ausfahrt erreichte, war es ein Magnet, der sie dazu brachte, der Spur zu folgen. Sanft und langgezogen führte die Straße Richtung Heimat. Nach einigen Kilometern hätte sie wieder eine Entscheidung treffen können, die Landstraße teilte sich erneut, sie blieb auf der rechten Seite, die sie nach Donaueschingen geleitete.

Stevie fuhr wie in Trance. Die Landschaft saß in ihren Knochen. Hier gab es keine Hügel, die Baar war eine Hochebene, meist kalt und rau, im Sommer brütend heiß. Klare Luft drang durch das offene Fenster herein.

So roch ihre Kindheit. Rechts und links der Straße lagen Mais-felder. Dann passierte sie den kleinen Flughafen und sie suchte die Propellermaschinen, denen sie hinterhergesehen hatte, auf dem Rücken liegend an einem der Baggerseen. Heute war kein Flugzeug in der Luft, sie sah Kiesberge und einen Bagger am Rand eines Sees. Erinnerungen fingen Stevie ein und sie ergab sich dem Sog.

Am Baggersee waren sie und Middie frei und unbeschwert gewesen, ein paar Stunden. Stevie dachte an das eisige Wasser, das in jedem der Seen eine andere Farbe gehabt hatte. Eisblau wie ein Gletscherbonbon, grün wie verdünnter Waldmeistersirup oder braun wie Pfefferminztee. Eigentlich durften sie nicht zu den Seen hinausfahren, aber an manchen Nachmittagen gelang es ihnen, der Mutter zu entwischen.

Middie fuhr ein rotes Rad, trug Kniestrümpfe, die sie hinunterrollte bis zu den Sandalen. Ihr Rock flatterte im Wind. Sie lachte und strampelte wie wild, damit Stevie sie nicht einholen würde. Stevie auf dem Rennrad ihres Vaters ließ ihr einen Vorsprung, lehnte sich dann nach vorne und trat im Stehen in die Pedale. Sobald Stevie auf ihrer Höhe war, legte sie die Hand auf Middies Rücken, um ihr noch mehr Fahrt zu gegeben. Middie jauchzte.

Stevie bog von der Landstraße ab, ließ die Seen hinter sich und fuhr auf Hüfingen zu. Die Straße war schnurgerade und sie konnte in der Ebene genau sehen, wie klein das Dorf war, ein Fleck ziegelgedeckter Häuser. Der Kirchturm ragte in der Mitte des Dorfes auf. Beim Näherkommen befremdete Stevie das riesige Einkaufszentrum mit einer unendlichen Parkfläche, das es in ihrer Kindheit noch nicht gegeben hatte. Wo damals ein Maisfeld gewachsen war, reihten sich nun Industriebauten.

Die Hauptstraße führte schnurgerade durchs Ortszentrum. Hüfingen lag auf dem Gebiet einer alten Römerstraße und war als Römerkastell gegründet worden. Beim Einschlafen hatte sich Stevie früher vorgestellt, wie die Soldaten auf ihren Pritschen lagen, vielleicht genau an der Stelle, an der ihr Bett stand. Sie hatte sich die Waffen und Rüstungen ausgemalt, die bereitlagen und hörte im Geiste die Befehle der Kommandeure. Sie musste auch gehorchen, so war das Soldatenleben.

Stevie hielt vor dem Haus, in dem sie aufgewachsen war, und sah zur Fassade hoch.

Seltsam, es glich dem Haus, das Middie gekauft hatte bis ins kleinste Detail. Dass ihr das jetzt erst auffiel ... Spitzes rotes Dach, zwei Fenster rechts und links neben der Tür, zu der drei Stufen hinaufführten. Für Stevie war es immer nur das Haus gewesen, in dem sie gewohnt hatte, sie hatte sich nie Gedanken darüber gemacht, wie es aussah. Sie stieg aus und streckte den Rücken. Eine niedrige Hecke umzäunte den Garten voller Blumen.

Middie, dachte sie und spürte einen stechenden Schmerz in der

Brust. Middie wollte ihr Leben ändern und hatte sich stattdessen eine Kopie erschaffen. Gab es für sie beide kein Entkommen? Wiederholte sich immer der gleiche Albtraum?

Nein, sie selbst war gegangen und hatte die Tyrannei hinter sich gelassen.

Stevie ging ein paar Schritte und bemerkte ein Schild, das sie nicht kannte. Es war an der Ecke des Grundstücks aufgestellt, vom Heimatverein und Verein zur Kulturerhaltung, wie am unteren Rand vermerkt war. Hier seien Reste der römischen Kommandantur gefunden worden.

Stevie lächelte bitter. Ihr Kommandeur war die Mutter gewesen. Sie befahl über alle Familienmitglieder.

Die Befehle wurden nicht gebrüllt. Nicht ein Wort fiel. Stevie erkannte den Befehl an ihrem Gesichtsausdruck. Steinhart, bewegungslos. Dann wusste sie, jetzt musste sie zu ihr gehen und um Verzeihung bitten. Stevie wusste nicht wofür. Das Vergehen lag ein paar Tage oder Stunden zurück. War sie zu spät nach Hause gekommen? Hatte sie vergessen, Wasserflaschen aus dem Keller zu holen? Oder hatte sie ihre Schwester zum Weinen gebracht? Das Schwierige war, dass die Mutter nicht sofort auf eine Unartigkeit reagierte. Es konnte sein, dass sie eine leise Rüge aussprach, wie: Stephanie, gib deiner Schwester das Lineal zurück, danach das Zimmer verließ und ihrer Hausarbeit nachging. Stevie vergaß diese Rüge und zwei Tage später bemerkte sie, dass Mutters Gesicht immer mehr versteinerte. Dass sie ihr wortlos das Essen hinstellte und sie nach der Schule nicht begrüßte. Dann wusste sie, jetzt war es wieder so weit. Sie konnte sich noch eine Weile drücken, aber dann wurde es schlimmer, das hatte sie ausprobiert. Letztlich musste sie zu ihr gehen.

Stevie streifte an der Hecke entlang, hielt die offene Handfläche gegen die Zweige. Fremde hatten das Haus gekauft, sie konnte nicht klingeln und in das Wohnzimmer gehen. Stevie sah über die Terrasse zu dem breiten Fenster. Der Stuhl stand nicht mehr dort.

Der Stuhl mit der geraden Lehne und dem grauen Stoffbezug auf dem Sitz. Wenn die Mutter dort saß, die Hände müßig im Schoß, dann wurde Stevie erwartet. Mutter setzte sich nicht zum Vergnügen hin. Sie setzte sich zum Essen. Sie arbeitete den ganzen Tag im Haushalt und dieser Stuhl am Fenster hatte nur einen einzigen Zweck: Sie dachte darüber nach, wie missraten ihre Kinder waren.

Stevie war fünfzehn und ihr Gesicht war kantiger geworden. Ihre Hosenbeine waren ständig zu kurz, weil sie zu schnell wuchs, ihre Hände kamen ihr vor wie Pranken, sie passten nicht zum Rest ihres Körpers. Damals wusste sie nie wohin mit ihren Händen. Stevie stand vor der Mutter, die sie streng ansah. Stevie dachte, der Boden sollte sich auftun und sie verschlucken, alles wäre besser gewesen als das, was dann folgte. Sie musste sich auf den Schoß ihrer Mutter setzen.

»Verzeihung«, sagte sie. »Ich tu´s nie wieder.« Sie wusste nicht einmal, wofür sie sich entschuldigte. Vielleicht dafür, dass sie da war, dass sie so anders war.

»Du hast mich sehr traurig gemacht.« Mutter streichelte Stevies Gesicht. »Versprich mir, dass du ab jetzt ganz, ganz lieb bist.«

»Ja, ich verspreche es.«

Ihr Körper fühlte sich taub an. Sie löste sich auf in Nebel. Nebel war gut. Denn anders konnte sie dem Schmerz nicht entkommen, der sich in ihrer Brust ausbreiten wollte. Mutters Geruch drang in ihre Nase. Kein Parfüm, kein Waschmittel, nur sie roch so, und Stevie hasste es.

Mutter küsste sie auf die Wange, streichelte ihr Gesicht und dann durfte sie aufstehen und gehen.

Stevie ging hinaus zur Toilette und übergab sich.

Stevie sah noch einmal zum Wohnzimmerfenster ihrer Kindheit und schluckte. Es war vorbei. Mutter war tot. Sie war frei – oder nicht? Mit einem bitteren Geschmack im Mund ging sie ein paar Schritte weiter. In dieser Straße hatte sie gespielt. Inzwischen gab es in diesem Wohnviertel keine Kinder mehr. Hier lebten nur noch alte Menschen. Die jungen Familien bauten sich Häuser auf der anderen Seite des kleinen Flusses, der Breg, oben auf dem einzigen Hügel, den es weit und breit gab. Galgenberg. Stevie marschierte über die Stahlbrücke, die ihr schon immer überdimensioniert vorgekommen war. Der kleine Bach hüpfte über Steine. Ein paar Meter weiter würde er in einen Baggersee fließen, der mitten im Dorf lag.

Schon als Kind hatte sie darüber gestaunt, dass der Bach am anderen Ende des Sees wieder hinausfloss. Der Bach zog eine eisige Spur durch den See und machte das Wasser gefährlich. Im Winter gefror das Eis über dieser Spur längst nicht so dick wie über dem restlichen See. Jedes Jahr brach ein Kind ein und wurde mit Erfrierungen ins Krankenhaus gebracht. Aber weder Schild noch Warnung der Erwachsenen konnte die Kinder davon abhalten, auf dem See herumzuschlittern, wenn er weiß gefroren dalag wie ein Betttuch.

Stevie erreichte die andere Seite der Brücke und warf einen Blick auf die Bauten, die ihre ehemaligen Klassenkameraden errichtet hatten. Sie war damals schon anders gewesen. Die Jungen in ihrer Klasse wollten einen Beruf erlangen, der ihnen Ansehen verschaffte, eine nette Frau finden und irgendwann Kinder bekommen. Die Mädchen schienen mit diesen Zukunftsperspektiven einverstanden zu sein. Am liebsten aber wollten alle ein Haus haben, an dem sie herumbasteln konnten. Am Rande des Schwarzwalds waren die Grundstücke günstig, und man baute große Räume mit verglasten Fronten, Swimmingpools und Partykeller.

Stevie hatte nie den Wunsch verspürt, ein Haus zu bauen, geschweige denn, einen Mann zu heiraten. Sie war nicht wie die anderen Mädchen. Damals wusste sie nicht, warum das so war, und es hatte sie wütend gemacht.

»Du bist ja nur ein Mädchen«, schrien die Jungen, als sie elf oder zwölf war. Davor hatte sie problemlos am Kettcarrennen teilnehmen können, sie gehörte dazu. Eine Weile gelang es ihr noch, sich einen Platz unter den Jungen zu verschaffen, indem sie sich mit ihnen prügelte. Aber dann war auch das vorbei.

Stevie sah vom Hügel auf das Dorf hinunter.

Ich wollte etwas anderes, dachte sie und merkte, dass es sie nicht mehr wütend machte, ausgeschlossen zu sein. Sie wollte immer noch etwas anderes als die Spießbürger und sie wusste heute, wer sie war.

Sie ging zurück und vermied den Blick auf den Baggersee, zu leicht stieg ein beklommenes Gefühl in ihr hoch. Lieber dachte sie an die anderen Seen, die weiter draußen lagen, an die Seen, die von keinem Bach durchquert wurden, sondern ausschließlich aus Grundwasser bestanden, das aus der Kiesgrube nach oben drang.

Sie stieg in den Fiat und warf noch einen letzten Blick auf das Haus, das dem neuen von Middie so sehr glich. Irgendetwas stimmte nicht mit ihrer Schwester. Sonst war sie diejenige gewesen, die gehen wollte, und Middie hatte sie beschworen zu bleiben.

Middie hatte sich in einem Haus eingerichtet, das ihrem Elternhaus glich, sie lebte in den alten Möbeln und mit dem Geschirr und der Bettwäsche der Kindheit – das war nicht normal. Stevie musste sie dort rausholen, bevor sie noch mehr zu spinnen begann. Sie konnte ihr zeigen, wie man sich endgültig von der Vergangenheit löste.

Die Puppe war nicht wichtig, auch nicht der Vertrag, der darin verborgen war. Middie war wichtig. Erst musste sie ihr helfen, danach konnte sie sich um ihre Zukunft kümmern. Das war sie sich und Middie schuldig. Stevie startete den Wagen.

Als sie auf der schnurgeraden Straße Hüfingen durchquerte, beschlich sie Beklemmung. Es war zu leicht hinauszufahren, etwas klebte an ihr, das sie nicht los wurde. Die Euphorie ihres Entschlusses bekam einen Beigeschmack, ein Gefühl des Versagens. So war es immer. Stevie dachte an Middie und je näher sie Stuttgart kam, umso sicherer wusste sie, dass ihre Schwester Hilfe brauchte. Stevie musste auf sie aufpassen. So wie immer.

Mittling

Mittling. Sie war durch und durch ein Mittling. Middie saß mit zusammengebissenen Zähnen in Ellens Wagen und sah starr gerade aus.

Ellen hatte einen Sohn gehabt und schaffte es, nicht unterzugehen, obwohl er gestorben war. Sie war auf eine herrliche Art verrückt und fröhlich, sie war schön und frei. Sie war alles, was Middie nicht war.

Ellen begann, irgendwas von einer aufregenden Nacht zu erzählen. Sie hatte vor zwei Tagen jemanden aufgegabelt und einfach mit nach Hause genommen. Middie sah nur den Schimmer in ihren Augen, beneidete sie um ihre Lebendigkeit und schweifte in Gedanken ab. Sie fühlte sich gefangen. Ihr Versuch, ein neues Leben zu beginnen, war gescheitert. Sie hatte Stevie wieder nachgegeben und sie spürte Sehnsucht nach ihr. Wie viel Hoffnung hatte sie in das neue Leben gesteckt und nun war alles konfus. Das Gerumpel nachts, die Dinge, die auftauchten und sie an die Vergangenheit erinnerten, sie konnte es nicht verstehen. Ihr Kopf, mit ihrem Kopf war was nicht in Ordnung.

»He, wo bist du?«, fragte Ellen.

»Fahr mich zur Stadtverwaltung«, sagte Middie. »Bitte.«

»Was willst du denn dort?«

»Ich muss herausfinden, wer vor mir in meinem Haus gewohnt hat.«

»Oh, das kann ich dir erzählen. Es war ein absolut verrückter Kerl, ein Schriftsteller. Er lebte schon hier, als wir das Haus kauften, mein Ex-Mann und ich.«

»War er berühmt?«

»Ja und nein.« Ellen lachte. »Keiner kennt ihn, aber jeder hat etwas von ihm gelesen. Er hat unglaublich viele Schundromane geschrieben und für Zeitschriften dramatische Kurzgeschichten. Er schrieb unter mehreren Pseudonymen, im Alter veröffentlichte er sogar unter einem weiblichen. Er hatte so viele Namen, dass ich nicht einmal weiß, wie er wirklich hieß.«

Middie dachte an die Heftromane, die sie hinter der Wohnzimmerverkleidung gefunden hatte.

»Wann ist er eingezogen?«

»Weiß ich nicht. Machst du Ahnenforschung am Haus? Toll! Das ist ja ein verrücktes Hobby.«

Middie entspannte ihre Schultern. Ellen war so beschäftigt damit, das Leben verrückt zu finden, dass sie keine weiteren Fragen stellte.

Abends saß Middie in der Küche und breitete die Fotokopien von Zeitungsmeldungen aus, die sie in der Stadtbibliothek gefunden hatte. Einige Artikel diskutierten den Bebauungsplan für das Wohngebiet, in dem ihr Haus lag. Ursprünglich war eine längere Straße geplant gewesen, die Middies Grundstück durchquert hätte. Der Bebauungsplan wurde überraschend geändert, nachdem Heiner Stegmeier das Gelände besichtigt hatte, und beschloss, es zu kaufen. Es war eine offizielle Begehung gewesen und Stegmeier war durch seltsames Verhalten aufgefallen. Er musste ziemlich viel Einfluss in der Stadtverwaltung gehabt haben, denn er konnte das Grundstück erwerben und die Straße endete direkt vor seinem Haus. Bei der Grundsteinlegung hielt er eine Rede, die Aufsehen erregte. Immer wieder las Middie das Zitat durch: »*Als ich an der Stelle stand, wo die Straße weitergeführt werden sollte, da spürte ich, wie sehr ich mich nach einem Zuhause sehnte, und welche Aufgabe ich zu erfüllen habe.*«

Das Pressefoto zeigte ihn mit einem Strahlen im Gesicht. Der Artikel erwähnte, dass er Frau und Tochter verlassen und das Haus allein bezogen hatte, nachdem er seine Stelle als Lehrer gekündigt hatte. Er begann sich mit Kindern zu beschäftigen, die in der Zeit des Zweiten Weltkrieges ihre Eltern verloren hatten. Die Zusammenführung von Familien war ihm ein Anliegen geworden. Er hatte vielen geholfen und die Vereinigung *Kinder und Eltern* ins Leben gerufen. Seine Tochter wurde in einem Interview gefragt, ob sie stolz auf die Arbeit ihres Vaters sei. »*Er hat mich und meine Mutter im Stich gelassen*«, war ihre Antwort.

Middie rekonstruierte, dass das Haus danach zwei Jahre leer stand, bis es von dem Schriftsteller gekauft wurde, von dem Ellen ihr erzählt hatte.

Middie schob die Kopien hin und her und suchte nach einer Erklärung. Beide Männer hatten lange im Haus gelebt, wurden alt und arbeiteten offenbar sehr viel. Die Liste der erfolgreichen Zusammenführungen von Stegmeier war beeindruckend, ebenso die Schundromane, die der Schriftsteller verfasst hatte. Beide hatten allein gelebt, das war die einzige Parallele, die Middie zu sich finden konnte. Sie neigte nicht zu exzessivem Arbeiten und sie engagierte sich nicht für politische Themen.

Middie dachte an Freyas orakelhafte Aussage, als sie sich am ersten Tag auf der Straße getroffen hatten: Arbeit, Probleme und Stress könnten ungehindert ins Haus schießen, weil der Eingang ungünstig lag. Aber über Stress und Probleme der früheren Bewohner konnte Middie nichts herausfinden. Sie schienen mit dem, was sie taten, erfüllt und glücklich gewesen zu sein, allenfalls waren sie ein wenig überarbeitet. Middie warf die Kopien in den Papierkorb. Sie hatte keine Probleme mehr, seit Stevie weg war, damit sollte das Thema endlich erledigt sein.

Am nächsten Morgen ging Middie unruhig im Haus hin und her. Die Stimme ihrer Mutter drängte sie, das Gras zwischen den Ritzen der Terrasse herauszukratzen und gleichzeitig spürte sie einen unbändigen Wunsch, ziellos herumzustreifen. Sie wollte in die Stadt gehen und Geld ausgeben. Was war nur mit ihr los? Middie kannte diese Gefühle nicht. Schließlich lehnte sie sich mit dem Rücken an die Mahagonigarderobe und lauschte. Sofort verstärkte sich der Drang, einkaufen zu gehen. Ohne eine weitere Sekunde zu zögern, nahm Middie den Geldbeutel, steckte ihn in die Hosentasche und verließ das Haus Richtung U-Bahn.

Zumindest verhilft mir das dritte Zimmer zu Entschlussfreudigkeit, dachte sie zufrieden.

Kurze Zeit darauf stand sie im Kaufhaus Breuninger hinter einer Horde schnatternder Mädchen. Sie hatte nicht daran gedacht, dass Samstag war und sie mitten ins Gewühl der Kauflustigen geraten würde. Die jungen Frauen ließen sich nicht beiseite drängen und reagierten nicht auf Middies Entschuldigung, sodass sie nicht mit der Rolltreppe in die Haushaltswarenabteilung fahren konnte, wo sie eine Tischdecke für den Gartentisch kaufen wollte.

Also nahm sie den Weg durch die Wäscheabteilung, Richtung Aufzug. Im Vorbeigehen streifte sie mit der Schulter einen Kleiderbügel, er fiel zu Boden und Middie bückte sich, um ihn aufzuheben. Es war ein burgundroter BH. Sie hängte den Bügel wieder an die Stange, doch ihr Blick blieb an dem Spitzengewebe hängen. Es baumelte vor ihren Augen hin und her und schien zu rufen: Probier mich an! Middie rieb den Stoff zwischen den Fingern. Viel zu heikel, dachte sie, der übersteht keine zehn Wäschen. Aber es fühlte sich seidig an, rau und glatt zugleich. Middie dachte an Ellen, klemmte den BH unter den Arm und verschwand in die Umkleidekabine. Ohne in den Spiegel zu sehen, zog sie das T-Shirt und ihren BH aus. Während sie den Burgundroten überzog, sah sie an sich hinunter. Ihre Haut schimmerte weiß, ihre Brüste passten perfekt hinein. Middie legte die Hände darüber und spürte, wie ihr Gesicht zu glühen begann. Es fühlte sich wundervoll an, weiblich, sinnlich und verwegen. Sie fuhr mit dem Finger die Träger entlang und wagte endlich einen Blick in den Spiegel.

Sie sah nur den BH an und die Jeans, die sie trug. Middie öffnete den Knopf, aber sie brauchte den Reißverschluss nicht hinunterziehen, sie wusste, dass die weiße Unterhose nicht dazu passen würde.

Schnell zog sie den BH aus, ihre Kleidung wieder über und holte den passenden Slip vom Ständer. Dieses Wäschestück hieß nicht Unterhose.

Aufgekratzt von ihrem Mut, schlenderte sie weiter herum. Sie fand ein buntes Kleid, das ihr wunderbar passte, und danach war es leicht, auch noch nach einer Flasche Parfüm zu greifen. Zufrieden stellte sie sich an der Kasse an.

Im Café unter der Glaskuppel hielt sie die Tüte mit den Einkäufen auf ihrem Schoß fest, als die Kellnerin sie nach ihren Wünschen fragte.

»Ein Stück Sachertorte und einen Cappuccino, bitte.«

Sünde, dachte sie und fühlte sich wundervoll.

Stevies Umweg

Die Ampel sprang auf Grün, Stevie gab Gas, aber der Motor rukkelte, stockte und erstarb. Stevie versuchte den Mietwagen neu zu starten, während hinter ihr die Autofahrer hupten. Sie sah auf die Tankanzeige.

»Verflucht.«

Sie konnte nichts anderes tun, als die anderen Autos vorbeizuwinken und den Fiat an den Straßenrand zu schieben. Ein Passant half ihr dabei.

»Passiert sonst eher Frauen.« Er musterte Stevie von oben bis unten.

Letzte Nacht hatte sie im Auto geschlafen und sich ein Frühstück in einer Raststätte gegönnt, nun hatte sie kein Geld mehr für Benzin. In ihrer Jackentasche suchte sie nach dem Schlüssel für das Schließfach am Hauptbahnhof, sie musste ihr Gestänge holen. Es war Samstag, ein guter Tag, um in der Fußgängerzone aufzutreten.

Die Springbrunnen vor dem Neuen Schloss sprühten Wasser und Stevie wurde immer durstiger. Sie schwitzte. Selbst im Schatten war es heiß. Das Gestänge wog schwerer als sonst. Sie hatte das Gefühl, in ihren Chucks zu schwimmen, am liebsten wäre sie barfuß gegangen. Sie suchte nach einem kühlen Platz für ihre Show. Der Abgang zur U-Bahn lag im Schatten und an seinem Geländer konnte sie das Gestänge befestigen. Als sie mit dem Aufbau begann, bekam sie den Eindruck, dass sich ungewöhnlich viele Passanten versammelten. Manche sahen ihr zu, aber die meisten gingen auf dem Platz hin und her, als warteten sie auf etwas. Irritiert sah Stevie sich um, was hatte das zu bedeuten? Sie ließ sich Zeit mit ihren Vorbereitungen und beobachtete die Menschen. Viele sahen immer wieder auf die Uhr oder auf das Handy. Die Glocke der Stiftskirche schlug vier Mal. Beim letzten Schlag spritzte von überall her Wasser, die Passanten schrien vergnügt auf und lachten, viele hielten Wasserpistolen in der Hand. Mädchen kreischten und liefen durcheinander, niemand empörte sich über das Wasser. Eine Minute später war der Spuk vorbei und die Menschenmasse löste sich auf. Ein paar Passanten standen noch erstaunt und kopfschüttelnd herum und sprachen darüber, was soeben geschehen war.

Stevie kratzte sich am Kopf.

»He Stevie! Immer noch als Kerl unterwegs?« Jemand schlug ihr auf die Schulter.

Es war Andi, der Jongleur. Er hatte kein Problem damit, dass sie eine Frau war. Zum Schaustellergewerbe gehörte es, eine Rolle zu spielen. Solange sie nicht zu offensiv damit umging, bekam Stevie keine Schwierigkeiten. Offen ausleben konnte sie sich allerdings in Wanderzirkussen auch nicht.

»Geile Sache, dieser Flashmob, was?«

»Genau das Richtige bei dem Wetter«, antwortete Stevie schnell.

Stevie staunte, wie schnell sich die Aktion wieder aufgelöst hatte. Sie wollte nicht zugeben, dass sie kein Handy besaß und auch kaum die Möglichkeit hatte, im Internet zu surfen. Auch wollte sie nicht zugeben, wie schlecht sie finanziell dastand.

Sie quatschen eine Weile und Stevie erfuhr, dass Andi in Stuttgart ein Engagement hatte. Er trat auf einem Gauklerfest auf dem Killesberg auf.

»Prima Sache, weißt du«, erzählte er. »Ein historisches Zelt, wo du das Gefühl bekommst, in alten Zeiten zu sein, in denen wir noch gefragt waren.«

Andi seufzte und Stevie wusste, wovon er sprach. Von Zeiten, in denen man mit Akrobatik oder Jonglieren ordentlich Geld verdienen konnte, weil das Publikum nicht abgebrüht und verwöhnt war. Sie sprachen über Berufsehre und Leidenschaft und Stevie bemerkte ganz nebenbei, dass sie gerne bereit wäre, zu einem Auftritt zu kommen. Sie versuchte, um jeden Preis den Eindruck zu vermitteln, dass sie nicht darauf angewiesen war, sondern nur zum

Vergnügen mitmachte. Sie lachte und scherzte, gab sich fröhlich, innerlich flehte sie zu sämtlichen Göttern, dass Andi anspringen möge. Es klappte, er freute sich, dass Stevie am Abend dabei sein wollte, half ihr das Gestänge zu seinem VW-Bus zu tragen und sie fuhren zusammen auf den Killesberg.

Stevie war erleichtert, endlich wieder eine ordentliche Gage zu bekommen und ein Publikum zu erleben, das sich Zeit nahm, ihr zuzusehen. Sogar ein Kostüm wurde ihr gestellt. Sie musste keine Passanten animieren stehen zu bleiben, sondern konnte sich auf ihren Auftritt konzentrieren und den Applaus genießen, weil sie danach nicht mit dem Eimer herumlaufen und Geld einsammeln musste.

»Bis bald.« Abends steckte Andi ihr fünf Zehner zu und klopfte ihr auf die Schulter. War da Mitleid in seinem Blick? Stevie schob beim Weggehen das Gefühl beiseite. Sie wollte nicht darüber nachdenken, dass Andi sie durchschaut haben könnte. Etwas später suchte sie vergeblich nach dem Mietwagen. Die Polizei musste ihn abgeschleppt haben, weil er im Halteverbot stand. Einen Teil ihres Verdienstes hätte sie für Benzin ausgegeben, um Middie das Auto zurückbringen zu können. Sie ärgerte sich über die Polizei und die Ordnung, die sie überall umgab. Spießbürgerlichkeit war ihr Feind. Und sie wusste auch, warum.

Zehn Jahre hatte sie schon von einem Engagement zum anderen gelebt, da war sie unerwartet auf ihren Vater getroffen.

»Rüdiger Schmid? Mit d oder dt?«

Die helle Stimme der Bibliothekarin riss Stevie aus ihrem Halbschlaf. Sie schreckte im Sessel hoch und hielt gleichzeitig nach dem Mann Ausschau, der nach seinem Namen gefragt worden war, und nach einem Versteck.

Den ganzen Tag hatte sie schon in der Leihbücherei von Königsfeld verbracht. Es war ein kalter Dezembertag mit viel Schnee und

Stevie hatte kein Engagement. Das kam im Winter häufiger vor und meist versuchte sie dann, in den Süden zu reisen und in italienischen Städten auf der Straße mit Akrobatik Geld zu verdienen. Aber sie hatte in Amsterdam ein paar nette Tage mit einer Seiltänzerin verbracht. Die Frau wollte Weihnachten nicht allein verbringen und Stevie hatte nichts gegen einen warmen Wohnwagen und regelmäßiges Essen vor dem Sex. Als sie nach den Feiertagen den dringenden Wunsch verspürte, wieder auszureißen, weil es sie nie lange bei einer Frau hielt, trampte sie an der Auffahrt zur Autobahn. Ein Lastwagenfahrer nahm sie mit. Er brachte Tulpen von Holland nach Süddeutschland. Stevie schlief die ganze Fahrt über und war überrascht, als sie in einem winzigen Nest mitten im Schwarzwald abgesetzt wurde. Die Autobahn lag Kilometer entfernt und sie hatte keine Energie mehr. So vertrödelte sie ihren Tag in der Leihbücherei, wo es mollig warm war, und wartete auf eine Eingebung, was sie weiter tun sollte.

Jetzt hastete sie hinter eines der Bücherregale und versuchte den Mann zu erkennen, der mit dem Rücken zu ihr an der Ausleihe stand und der Bibliothekarin antwortete. Sie konnte nicht hören, was er sagte. Aber die Stimme der Frau war laut und deutlich: »Ja, da haben wir ja das bestellte Buch! Ein Euro, bitte.«

Der Mann trug einen feinen Anzug und sein Deckhaar lichtete sich kreisrund. Dem Alter nach konnte er es also sein. Umständlich kramte er in seinem Geldbeutel, legte das Geld für die Vorbestellung auf den Tisch und nahm die Quittung in Empfang. Er klemmte das Buch unter den Arm und wandte sich zur Ausgangstür.

»Wiedersehen«, sagte er und Stevie erkannte gleichzeitig am Gang und an der Stimme, dass es ihr Vater war.

Wiedersehen, hatte er auch immer gerufen, wenn er zu einer seiner Geschäftsreisen das Haus verließ. Er sagte es auf eine ganz spezielle Art. Er verschluckte einen Buchstaben. Nicht das E am Ende, wie es die meisten Menschen taten, die Hochdeutsch sprachen, auch nicht das R, das von vielen klanglich in ein A verwandelt wurde, nein, er verschluckte das D. Und so klang es wie wiehersehen.

Middie und sie hatten sich, als sie noch Kinder waren, darüber lustig gemacht und ihm hinterher gewiehert und sich dann kaputtgelacht.

Dabei war es jedes Mal beklemmend gewesen, wie Vater sich verabschiedet hatte. Er sah niemandem in die Augen und ging mit gebeugten Schultern. Stevie wusste nicht, ob ihr Vater traurig gewesen war, weil er wieder auf eine Geschäftsreise musste, oder ob die Familie ihn betrübte. Die Atmosphäre in der Familie war nie fröhlich oder liebevoll gewesen, trotz des albernen Gelächters, in das sie hinter seinem Rücken verfielen und das er bestimmt noch gehört hatte, auch wenn die Tür schon ins Schloss gefallen war. Respektlos waren sie gewesen. Aber Mutter hatte sie nie gerügt. Sie hatte nur die Lippen zusammengekniffen und sich ihrer Hausarbeit zugewandt. Da Vater immer länger auf Geschäftsreise blieb und irgendwann gar nicht mehr auftauchte, war Stevie davon überzeugt, dass Vater sie weder geliebt, noch sich in der Familie wohlgefühlt hatte.

Sie schnappte ihre Jacke und folgte dem Mann, der mit leicht gebeugten Schultern die Straße entlang ging. Als er sich nach links wandte, um an einem Zebrastreifen die Straße zu überqueren, konnte Stevie sein Profil sehen. Es war ihr Vater!

Kurz meinte sie, ein Erkennen in seinem Blick gesehen zu haben. Aber er ging zügig über die Straße.

Stevie folgte ihm wie unter einem Zwang.

Was soll ich mit dem alten Mann? Er hat mich im Stich gelassen, er hat uns alle im Stich gelassen.

Aber irgendetwas zog sie weiter. Sie wollte wissen, wo er lebte, was er tat und vor allem, was er ohne sie tat? Ohne Middie und Stevie?

Dass Vater mit Mutter nicht mehr leben wollte, das konnte sich Stevie gut vorstellen, sie hatte es mit Mutter auch nicht ausgehalten und war so früh wie möglich verschwunden. Aber hatte er seine

Kinder nicht vermisst? Klar, sie waren frech und unnahbar gewesen, aber das war auch seine Schuld, denn sie kannten ihn kaum.

Es ist lange vorbei, soll er doch tun, was er will, versuchte sie sich einzureden, aber dennoch ging sie weiter.

Was spielt es heute noch für eine Rolle, wie er lebt? Ich brauche ihn schon lange nicht mehr. Soll er doch leben, wie es ihm Spaß macht.

Aber genau das wollte sie erfahren: Was machte ihrem Vater mehr Spaß, als in Hüfingen bei seiner Frau und Middie zu leben und darauf zu warten, dass Stevie zu Besuch kam?

Es schneite dicke Flocken. Sie schwebten herab wie in einem kitschigen Weihnachtsfilm. Die Welt war weiß und unschuldig.

Stevies Schritte knirschten im Schnee unter ihren Sohlen, aber ihr Vater ahnte nicht, dass ihm jemand folgte, und drehte sich nicht um.

Er öffnete das schmiedeeiserne Tor zu einer Villa aus der Gründerzeit. Die hohen, schmalen Fenster des Erdgeschosses waren erleuchtet. Vater klopfte die Schuhspitzen gegen die Treppenstufe, bevor er sie auf der Matte abstreifte, den Schlüssel ins Schloss steckte und eintrat. Freudiges Geschrei kam ihm entgegen und drang bis zu Stevie, die am Gartentor stehen geblieben war.

»Papa! Papa ist da!«

Stevie umklammerte die kalten Stäbe. Hatte der Mann, der ihr Vater war und von anderen Kindern Papa gerufen wurde, sich umgedreht und kurz zu ihr hergesehen?

Sie stand wie zu Eis gefroren und wartete darauf, dass ihr Vater noch einmal herauskam, weil ihm Sekunden später eingefallen war, wen er da gesehen hatte. Ja, er musste noch einmal herauskommen, damit Stevie die gleiche Freude erleben konnte wie die Kinder im Haus.

Aber nichts rührte sich. Stevie löste ihre verkrampften Hände und rieb sie gegeneinander. Sie konnte sich nicht entschließen wegzugehen. Aber sie konnte auch nicht klingeln. Was hätte sie sagen sollen: Ich bin´s, Stevie? Ich seh nur aus wie ein Mann? Ich habe auf dich gewartet?

Stimmte das? Hatte sie je auf ihren Vater gewartet oder war sie froh gewesen, dass er weggeblieben war, weil es ihr die Erlaubnis gegeben hatte, irgendwann selbst zu verschwinden? Hätte sie es gewagt, Middie zu verlassen, wenn ihr Vater es ihr nicht vorgelebt hätte? Die Mutter hätte sie verlassen können, aber nicht Middie. Sie war so verletzlich. Dennoch hatte es Vater nicht gekümmert, er hatte sich ein eigenes Leben aufgebaut.

Stevie versuchte, von allen Seiten einen Blick ins Innere des Hauses zu erhaschen, aber die Fenster lagen zu hoch. Schließlich steckte sie die Hände in die Jackentasche, zog die Schultern hoch gegen die Kälte und wandte sich vom Haus ab. Als sie spürte, in welcher Haltung sie die Straße entlang ging, stockte ihr Schritt.

Ich gehe genauso wie Vater, dachte sie. Vielleicht hat er mich gesehen und sogar erkannt, aber er wollte nichts mehr mit mir zutun haben. Bestimmt ist ihm seine neue Familie lieber und er wollte nicht verstört und aufgeschreckt werden, durch alte Erinnerungen, durch seine seltsame Tochter.

Stevie lief weiter und spürte, wie traurig sie war.

Sie musste unbedingt weg aus dieser kitschigen Weihnachtslandschaft. Sie wollte Silvester in Rom verbringen! Schließlich hatte sie nie nach ihrem Vater gesucht, also wollte sie ihn jetzt auch nicht finden.

Hitze

Middie konnte es kaum erwarten, nach Hause zu kommen. Sie wollte die neue Wäsche anziehen. Vielleicht wagte sie es sogar, vor den Spiegel zu treten? Nach ein paar Schritten erschreckte sie eine Fahrradklingel. Sie sprang zur Seite und erwartete ein Kind, das auf dem Gehweg vorbeisausen wollte.

Doch es war Freya, die zu ihr aufschloss.

»Soll ich dich mitnehmen?« Ihr Vorderrad wackelte hin und her. »Es ist schrecklich heiß. So einen Juni habe ich noch nie erlebt.« Ihr Gesicht war rot und ihre Haare verschwitzt.

»Nein, nein. Danke. Fahr ruhig weiter.«

Freya fuhr noch ein Stück wackelig neben ihr her, dann stieg sie vom Rad und keuchte. Die Hitze machte ihr sichtlich zu schaffen.

»Deine Samtkleider sind einfach zu warm.« Middie nahm Freya das Fahrrad aus der Hand und löste den Weidenkorb vom Gepäckträger. »Los steig auf, ich fahre dich nach Hause, bevor du umfällst.«

Freya nickte und raffte den Rock. Sie schwang ein Bein über den Gepäckträger und hielt sich am Sattel fest. Middie trat in die Pedale. Am Haus angekommen, stellte sie das Rad ab und legte den Weidenkorb daneben. Freya ging wortlos hinein.

»Trink viel«, rief Middie hinter ihr her. Obwohl Freya sie bisher eher genervt hatte, sorgte sie sich um die alte Frau, denn sie war ungewöhnlich ernst gewesen.

Middie zelebrierte das neue Wäschestück. Sie duschte ausgiebig und verdrängte die Stimme ihrer Mutter, die sie ermahnte, nicht so viel Wasser zu verschwenden. Noch mit nassem Haar zog sie Slip und BH an. Mutig stellte sie sich vor den Garderobenspiegel und fand sich wunderschön. Sie öffnete alle Fenster, schloss aber die Läden, so entstand im Inneren des Hauses eine tropische Atmosphäre. Die Luft war feucht und warm, das Licht diffus. Im Wohnzimmer, das zur Süd-West-Seite lag, fielen Sonnenstreifen durch die Lamellen der Fensterläden. Middie genoss das Wasser, das aus ihrem Haar herabtropfte und über ihre Haut hinablief. Die kühlen Spuren erfrischten sie. Sie füllte ein Glas mit Milch, schaltete den Laptop an, denn sie hatte beschlossen, mit ihrer Heimarbeit zu beginnen.

Halbnackt arbeiten, warum nicht, dachte sie. Das war verrückt und gar nicht Mittlingsverhalten. Es fühlte sich gut an.

Middie hatte sich sonst immer über knappe Arbeitsanweisungen geärgert, heute inspirierten sie die einzelnen Worte, die ihr Chef ihr gemailt hatte, und ohne Mühe erstellte sie ihre Texte.

Albino-Day lautete die erste Aufgabe. Ohne zu überlegen schrieb Middie eine Seite über das Treffen der ganz weißen Schwarzen in Südafrika.

Danach flossen ihr die Vorzüge von Haarteilen aus den Fingern und ein Werbetext über ein Ferienhaus in Mallorca folgte, als führten ihre Finger ein Eigenleben.

Ab jetzt arbeite ich immer halbnackt! Ihre Haare waren inzwischen getrocknet. Nur noch eine Aufgabe, dann hatte sie alles aufgearbeitet und konnte das Wochenende genießen.

Eine regionale Heilquelle und ihre Legende, Abgabetermin morgen. Middie seufzte. Diesen Text konnte sie sich nicht zusammenspinnen, dafür brauchte sie Fakten. Eine Weile gab sie Suchbegriffe im Internet ein, aber die Ergebnisse waren kläglich. Die Stadtbücherei war längst geschlossen. Wo sollte sie ihre Informationen herbekommen? Langwierige Recherche wurde nicht bezahlt, nur die Worte, die sie ablieferte. Sie beschloss Freya um Rat zu fragen, außerdem war das ein idealer Anlass, um nach ihr zu sehen.

Middie sprang die drei Stufen vor ihrer Haustür hinunter und wollte gerade den Weg zum Gartentor entlangeilen, da hörte sie ein Rascheln unter dem Fenster des dritten Zimmers. Middie fuhr herum. Gerade noch sah sie einen grünen Stoffzipfel um die Hausecke verschwinden. Was machte Freya in ihrem Garten? Middie rannte hinter ihr her und prallte auf die alte Frau, die sich nach einem Gegenstand bückte, der im Gras lag. Sie drehte sich erstaunlich geschwind um und hielt die Hände hinter dem Rücken versteckt.

»Hast du mich erschreckt«, sagte sie vorwurfsvoll. Ihr weißes Haar sah zerzaust aus.

Verblüfft sagte Middie: »Ich brauche deine Hilfe.«

»Das kann ich mir vorstellen.« Freyas hellgraue Augen blitzten belustigt auf.

»Geht es dir wieder gut? Was tust du überhaupt hier?« Middie sah zu der Stelle, wo Freya sich gebückt hatte. Ein faustgroßes graues Ei lehnte an der Hausmauer. Middie wollte es aufheben, aber Freya kam ihr blitzschnell zuvor. Sie nahm das Ei und drückte es gegen die Brust. Middie sah sie erstaunt an. In der anderen Hand hielt sie eine Flasche, die mit einer klaren Flüssigkeit gefüllt war.

»Trinkst du etwa?«

Freya schüttelte den Kopf und ging entschlossenen Schrittes durch den Garten zu ihrem Grundstück.

»Du nutzt die Kräfte nicht, das ist vergeudete Energie. Die Ladekräfte sind enorm. Ich würde zu gerne wissen, wie es drinnen ...« Freya blieb abrupt stehen und drehte sich zu Middie um. »Warum hast du nichts an?«

Middie sah noch das Funkeln in Freyas Augen, bevor sie sich umdrehte und ins Haus zurückrannte. Schnell zog sie ein T-Shirt und eine Jeans über. Sie erwischte die alte Frau auf dem Weg zu ihrer Hängematte und trat ihr in den Weg.

»Weißt du etwas über eine Heilquelle im Umkreis? Eine mit Legende?«

»Interessant«, antwortete Freya und ging langsamer.

»Kennst du nun eine oder nicht?«

»Kommt darauf an.«

»Auf was?«

Freya stellte die Flasche auf den Boden und legte das Ei daneben. Middie sah, dass es das Halbrund eines Amethysten war, im Inneren funkelten die Kristalle lila und weiß.

»Ob du mir freie Hand lässt, meine Sachen aufzuladen.«

»Du willst deinen Stein und die Schnapsflasche neben mein Haus stellen?« Middie beugte sich ungläubig vor. »Und rumtanzen?«

»So ähnlich. Es ist allerdings nur Wasser von einer Heilquelle mit Legende.« Freya sah sehr listig aus und Middie glaubte ihr nicht.

»Na gut, dann mach deinen Hokuspokus.« Middie wischte vage mit der Hand über Freyas Utensilien und wandte sich zum Gehen.

»Wie lange dauert es?«

»Ich müsste in dein drittes Zimmer hinein.«

Middie blieb abrupt stehen. Ohne sich zu Freya umzudrehen, sagte sie: »Du kannst deinen Zauber nur von draußen machen.«

Freya kam hinter ihr hergelaufen. Sie presste den Amethysten und die Wasserflasche mit beiden Händen an sich. »Nur für zwei Stunden, bitte.«

»Es geht nicht.« Middie schüttelte den Kopf.

»Bitte.« Freyas Tonfall war dringlich.

Middie musterte die alte Frau, ihr Rock hatte Fettflecken, sie stand barfuß im Gras, auf der Haut oberhalb ihrer Knöchel leuchteten rote Äderchen und dunkellila Altersflecken. Ihre Haare waren zerzaust und sahen feucht aus, auch ihre Schläfen glänzten vor Schweiß. Aber am auffallendsten waren die hellen Augen, sie wirkten fiebrig und um den Mund herum war sie blass.

»Sag mal, bis du okay?«

Freya nickte. »Darf ich hereinkommen?«

Middie kannte Freya nur vorlaut und munter. Jetzt wirkte sie wie eine alte kranke Frau und sprach mit dünner Stimme.

Middie winkte sie herein und ging voraus in die Küche. Sie schob Freya einen Stuhl hin, nahm ihr die Zauberutensilien ab und reichte ihr ein Glas Wasser. Die Alte trank mit kleinen Schlucken und seufzte dazwischen.

Middie holte einen feuchten Waschlappen und wollte ihre Stirn betupfen. Freya riss ihn ihr aus der Hand.

»Jetzt ist aber Schluss! Ich bin noch nicht tot«, sagte sie energisch.

Middie lächelte, wenigstens erkannte sie jetzt ihre Nachbarin wieder. Sie füllte noch einmal Freyas Glas auf und trank auch selbst etwas. Nach einer Weile kehrte Freyas normale Hautfarbe zurück und ihre Augen wurden klarer. Sie rülpste.

»Also, was hast du angestellt?«, fragte sie.

Middie sah sie erstaunt an. Freya hatte eine Art, ihr Sätze an den Kopf zu werfen, die sofort alle ihre Alarmglocken läuten ließ. Das erinnerte sie an ihre Mutter, die ihr auch in Sekundenschnelle ein schlechtes Gewissen machen konnte. Als Kind hatte sie immer etwas ausgefressen gehabt, denn ohne Heimlichkeiten hätte sie nicht überleben können, da praktisch alles verboten gewesen war, was Spaß machte. In Gedanken ging Middie ihre Sünden durch: Die Schokoladentorte? Die feine Wäsche? Das Kleid? Das Parfüm? Das halbnackte Arbeiten? Der Schundroman? Der vernachlässigte Garten? Das verschwundene Auto?

»Mich interessiert nur das dritte Zimmer«, sagte Freya in ihre Gedanken hinein.

»Die Mauer«, entfuhr es Middie. Sie hatte nicht mehr daran gedacht. Schnell legte sie die Hand auf den Mund.

»Du hast es zugemauert?« Freya ging schnurstracks zur Garderobe und versuchte sie auszuhängen. Doch das Holz war zu schwer für sie.

Middie stand mit verschränkten Armen daneben.

»Häng sie ab«, verlangte Freya.

Middie rührte sich nicht. Um keinen Preis würde sie die Mauer wieder einreißen, das Erscheinen von Gegenständen hatte nämlich aufgehört. Und das Rumpeln auch, stellte sie fest. Das Tier war also verendet, und es wäre grässlich, sich das ansehen zu müssen, sie wollte sich gar nicht vorstellen, was für ein Gestank darin herrschen musste.

»Freya, das ist meine Sache.«

»Meine Güte. Musst du Probleme haben.« Freya sah sie kritisch an. Dann zuckte sie mit den Achseln und wandte sich zum Gehen.

»Die Quelle heißt Teufelsbrunnen. Angeblich haben dort die Mädchen bei Vollmond gebadet, damit sie mit ihrer Schönheit die Jünglinge betören können. Das Wasser soll die Haut rosig und duftend machen. Das ging so lange gut, bis sie an Weihnachten auch dort hingegangen sind. Da hat Gott weggesehen und der Teufel hat sie alle geholt.«

Middie lachte. »Heißt das, Gott hat sonst immer zugeschaut?«

»Als er weggesehen hat, standen sie nicht mehr unter seinem Schutz. Das heißt es.« Freya runzelte die Stirn.

»Danke für die Geschichte. Warte, ich bringe dir deine Sachen.« Middie rannte in die Küche. Mit Flasche und Stein holte sie Freya an deren ausgehängtem Gartentor ein.

»Soll ich das an die Hausmauer stellen?«, fragte sie. Sie hatte ein schlechtes Gewissen, weil sie Freyas Wunsch nicht erfüllen wollte. Die Alte wirkte, als sei es ihr ungeheuer wichtig.

Freya schüttelte den Kopf. »Nein, das bringt nicht mehr, als das, was ich schon versucht habe.«

»Für was brauchst du es denn?«

Freya blieb stehen und zupfte an den Blüten ihres Lavendelbusches herum. Ein süßer Duft verbreitete sich. Sie legte die kleinen lila Köpfe auf die Handfläche, betrachtete sie einen Moment.

»Ich will sterben.« Dann pustete sie die Blüten weg.

»Das meinst du doch nicht ernst?« Middie dachte an ihre abendliche Tablette. Vielleicht sollte sie Freya zu einem Arzt begleiten.

Freya lächelte. »Es ist einfach an der Zeit. Ich spüre das schon seit einer Weile, aber ich schaffe es nicht, loszulassen. Irgendetwas hält mich hier noch fest und ich kann nicht herausfinden, was es ist.«

»Du meinst, das Haus kann dir helfen, das herauszufinden?«

Freya bekam plötzlich einen aufmerksamen Blick. »Kann es das? Weißt du das?«

»Ich weiß gar nichts. Ich bin nur ein paar Mal rein und rausgelaufen und habe mir eingebildet, dass ich drinnen deutlicher spüre, was ich will. Aber das kann auch Zufall gewesen sein. Vielleicht bin ich mir nur darüber klar geworden, weil ich mir die Zeit genommen habe, nachzudenken.« Sie holte tief Luft und berührte Freya behutsam am Arm. »Wir können zusammen zu einem Arzt gehen. Bestimmt gibt es Medikamente ...«

»Ich brauche keine Medikamente, ich bin kerngesund, ich bin nur alt.« Freya klopfte auf den scheußlichen orangefarbenen Mülleimer aus dem Stadtpark. »Zum Leben gehört das Sterben. Und das will ich jetzt auch machen. Vom Leben habe ich genug gesehen und gespürt. Weißt du, mein Mann war sehr krank. Er wollte sich erschießen, als er erfuhr, dass man gegen seinen Krebs nichts mehr tun konnte. Er konnte genauso schlecht leiden wie die meisten Männer. Jammerlappen kannst du doch nicht ausstehen, sagte er. Er wollte mir das ersparen, und ich glaube, in erster Linie sich selbst. Es hätte sein Selbstbild von einem starken Mann arg zerstört. Aber damit er nicht in Verruf kam, wollte ich ihm die Pistole nicht bringen. Aber die Beeren haben gute Dienste getan.«

Middie erinnerte sich an das Glas mit den roten Beeren, das sie bei Freya in der Küche gesehen hatte. Ein Schauder lief über ihren Rücken.

»Hat niemand etwas bemerkt?«, fragte sie.

»Zu Magenkrebs gehören Krämpfe dazu. Er hat es gut, denn er hat es hinter sich.«

»Warum wartest du nicht, bis es von allein geschieht?«

Freya schüttelte den Kopf. »Ich bin so müde. Alle in meinem Alter sind nicht mehr da. Ich bin zweiundneunzig.«

»So alt bist du? Ich habe dich für siebzig gehalten.«

Freya nickte. »Siehst du, das ist das Problem. Ich glaube, die da oben haben mich vergessen oder verwechselt. Sie halten mich auch für siebzig und geben mir nochmal zwanzig Jahre. Stell dir das mal vor!«

»Du bist weder krank noch eingeschränkt in deinen Bewegungen, dein Gehirn ist klar. Ich verstehe nicht, warum du sterben willst.«

Freya lachte heiser auf. »Das wirst du beizeiten.«

Middie schwieg.

Seit ein paar Tagen spürte sie ein unbändiges Verlangen nach Intensität. Sie wollte leben, lebendig sein.

Hatte tatsächlich das Haus diese Wünsche in ihr geweckt? Wenn das so war, dann sollte sie die Mauer einreißen und Freya hineinlassen, vielleicht weckte das Haus in ihr auch wieder den Willen zu leben.

»Okay, ich lass dich ins dritte Zimmer.«

Freya strahlte.

Middie sagte kopfschüttelnd: »Du bringst mich noch dazu, dass ich deine komischen esoterischen Ideen ernst nehme.«

»Das kannst du getrost.« Freya nahm die Wasserflasche und den Amethyst aus Middies Händen.

Middie hängte die Garderobe aus und betrachtete die gemauerte Wand. Sie hatte keine Ahnung, wie sie sie einreißen sollte. Auf jeden Fall brauchte sie Werkzeug, und um zum Baumarkt zu kommen, ein Auto. Middie beschloss, Ellen zu fragen, ob sie am Montag Zeit hätte, mit ihr dorthin zu fahren.

Es war immer noch entsetzlich schwül, obwohl es schon Abend war, und Middie fand alle Kleidungsstücke, die sie besaß, zu warm. Kurzentschlossen schnitt sie in ihre Jeans und riss sie oberhalb des Knies ab.

So kannst du nicht herumlaufen!, schrie die Stimme ihrer Mutter auf.

Middie stellte sich vor den Spiegel und musterte sich. Weil sie keinen Haargummi besaß, holte sie einen roten Haushaltsgummi und band die Haare zusammen. Mit der Stimme ihrer Mutter im Ohr, die immer lauter schimpfte, nahm Middie die Schere noch einmal zur Hand und schnitt am T-Shirt den Rand ihres Ausschnitts und die Ärmel ab. Sie ging dabei großzügig zu Werke. Als sie es anzog, blitzte da und dort der burgundrote BH hervor. Sie lächelte zufrieden.

Barfuß ging sie zu Ellens Haus. Die Stimme ihrer Mutter erstarb in einem Stöhnen. Vor ihrem inneren Auge sah Middie ihre Mutter mit offenem Mund erstarren.

Du bist tot, dachte Middie.

Der Van parkte vor ihrer Einfahrt, aber das war ja nun egal. Wo Stevie wohl steckte? Aber darüber dachte sie jetzt nicht mehr nach, sollte sie tun, was sie wollte.

Ellen öffnete die Tür mit Schwung. Sie trug ein dünnes Kleid, im Nacken geknotet, die Haare aufgesteckt. Sie begrüßte Middie erfreut und als sie sich umdrehte, sah Middie den Rückenausschnitt ihres Kleides bis zur Hüfte hängen. Middies Freude über ihre eigene Gewagtheit bekam einen Stich. Ellen trug überhaupt keinen BH und wirkte elegant und fraulich. Middie fühlte sich mit ihrem Pferdeschwanz wie ein kleines Mädchen. Es war so schwer, das Mittlingsdasein abzulegen!

Ellen ging voraus auf die Terrasse. Dort standen zwei Liegestühle aus Holz, dazwischen ein Tischchen. Eine Kerze brannte und neben den Kräutertöpfen flackerte eine Öllampe. Ellen forderte sie auf, Platz zu nehmen und brachte Kristallgläser und einen Krug mit einer honigfarbenen Flüssigkeit, in der Eiswürfel klirrten. Im Hintergrund spielte leise ein Klavier Soulmusik. Das Ambiente strahlte Eleganz und Behaglichkeit aus. Middie dachte an ihre eigene trostlose Terrasse und ihr Haus, das mit jedem Tag unordentlicher zu werden schien. Obwohl sie so viele Kisten in das dritte Zimmer gestellt hatte, schaffte sie es nicht mehr, mit ihren wenigen Sachen Ordnung zu halten.

Sie dachte daran, dass Freya gefragt hatte, ob sie sich verändert hätte. Ja, sie war schlampig geworden. Aber was noch viel auffallender war: Es machte ihr nichts aus.

Middie wagte nicht gleich, Ellen um Hilfe zu bitten, weil sie nicht wusste, wie sie erklären sollte, dass sie die Türöffnung zugemauert hatte und nun wieder öffnen wollte, damit Freya darin esoterische Experimente machen konnte. Sie trank von dem kalten Cocktail und hörte Ellen zu, die erzählte, welche Verrücktheit sie am Vormittag erlebt hatte. Auf dem Schlossplatz war sie plötzlich mit Wasser bespritzt worden. Aus heiterem Himmel hatte eine Wasserschlacht begonnen.

»Die müssen sich irgendwie verabredet haben.« Ellen sah nachdenklich in ihr leeres Glas und holte einen Eiswürfel heraus, der nicht ganz geschmolzen war. Sie fuhr damit über ihren Hals.

Beiläufig sagte sie: »Ich habe diese Akrobatin wiedergesehen.«

»Wen?« Middie sah sie alarmiert an.

»Na, die Frau. Du weißt schon, den Typen, den ich neulich mitgenommen hatte und der gar kein Typ war.«

Ellen tat gelangweilt. Aber Middie spürte, dass sie von der Begegnung aufgewühlt war.

Oh mein Gott! Es passte zu Stevie, sich von einer schönen Frau abschleppen zu lassen, da hatte sie noch nie widerstehen können. Middie wurde schrecklich unruhig. Ellen und Stevie? Das warf sie aus der Bahn. Sie versuchte zu rekapitulieren, wann die beiden sich getroffen haben mussten. Aber die letzten Tage waren so verwirrend anders gewesen als das gleichmäßige Leben, das sie bisher geführt hatte, dass sie nicht mehr genau wusste, wann Ellen ihr von dem nächtlichen Abenteuer erzählt hatte.

»Hast du dich mit ihr verabredet?« Middie wollte es plötzlich unbedingt wissen.

»Ich habe gar nicht mit ihr gesprochen. Sie hat mich nicht bemerkt.«

Middie nickte verhalten.

»Ich sag mir jetzt: niemals zweimal mit dem Gleichen. So

bekomme ich keine Probleme mehr. Ich hab keine Lust mehr auf Dramen, die mich dazu bringen, nachts heulend bei dir vor der Tür zu stehen.« Ellen zwinkerte ihr zu.

Sie wollte abgebrüht wirken, das spürte Middie genau. Aber irgendeine Unsicherheit schwang in ihrer Stimme mit.

Middie stand abrupt auf. Das Gespräch wurde unerträglich. Sie wollte nicht hören, dass Ellen abfällig über ihre abgerissene Schwester sprach. Es war eins, dass sie selbst so über Stevie dachte, aber aus Ellens feinem Mund wollte sie es nicht hören.

»Willst du noch was trinken?«, fragte Ellen. Sie stand ebenfalls auf und ging Richtung Küche.

Middie zögerte. Sollte sie nach Hause gehen? Doch Ellen traf Stevie sicher nicht wieder. Sie würde Stevie hinter sich lassen, so wie Middie das nun auch geschafft hatte. Stevie war Vergangenheit. Sicher suchte sie sich bald eine andere Stadt.

»Ich müsste mal ... ich kann auch zu mir rüber gehen.« Middie brauchte einen Moment allein, um sich zu fassen.

»Das Badezimmer ist oben, geh ruhig hoch.« Ellen zeigte die Treppe hinauf.

Middie wollte sich das Gesicht waschen und wieder zu Sinnen kommen. Schließlich brauchte sie Ellens Wagen, damit sie Freya helfen konnte.

Stevie. Stevie konnte so viele Frauen haben, wie sie wollte, aber keine, die ihr mehr bedeutete. Sie hatte immer die Wichtigste in ihrem Leben sein wollen. Wollte sie das immer noch? War sie nicht froh, dass Stevie weg war?

In der oberen Etage waren alle Türen geschlossen. Middie öffnete die erstbeste und erschrak. Sie stand in einem Kinderzimmer.

Eine Wiege mit feinen blauen Gardinen. Spielsachen und eine Wickelkommode mit Cremetöpfchen und Babyöl. Auf dem Fenstersims standen frische Blumen. Sie blinzelte und sah zu dem Band am oberen Rand der Wand. Eine Reihe Tiere spazierte dort entlang. Elefanten, Tiger und ein Känguru.

Plötzlich zog Ellen sie am Arm aus dem Zimmer.

»Hier.« Sie zeigte auf die nächste Tür.

»Es tut mir so leid«, sagte Middie.

»Shit happens«, sagte Ellen mit ernstem Gesicht.

Middie ging ins Badezimmer und stand fassungslos vor dem Waschbecken. Wie konnte Ellen den Tod ihres Babys als shit bezeichnen? Middie wusch sich das Gesicht. Sie sollte nicht jedes Wort auf die Goldwaage legen. Als Texterin war sie gewohnt, präzise Begriffe zu wählen, Ellen dagegen versuchte ihr Leben in den Griff zu bekommen, nachdem sie ein schwerer Schicksalsschlag getroffen hatte.

Jeder Gedanke an Stevie schien Middie plötzlich banal.

Sie setzte sich wieder neben Ellen, die ihre Gläser aufgefüllt hatte.

»Du Arme, es ist ja noch gar nicht lange her.«

»Zehn Jahre.«

Middie sah sie erstaunt an. »Kannst du das Zimmer nicht ausräumen?« Sie spürte keine Hemmungen, Ellen persönliche Fragen zu stellen. Die Nachbarin war selbst so verrückt und offen, da war es leicht.

»Mein Mann hat mir das immer vorgeworfen. Ich würde in der Trauer hängen bleiben, meinte er. Am Schluss hat er es nicht mehr ausgehalten und ist gegangen. Der Feigling. Er hat sich der Trauer überhaupt nicht gestellt. Er hat sich in seine Arbeit gestürzt und mich allein gelassen.«

Middie schüttelte den Kopf.

Ellen zuckte mit den Schultern. »Ich habe es nicht besser verdient. Ich bin schuld.«

»Sag das nicht! Es ist schon schlimm genug, dass es passiert ist.«

»Ich war nicht da.«

Ich war nicht da! Middie versteinerte. *Ich war nicht da.*

»Du solltest auf sie aufpassen!«, schrie ihre Mutter und drosch mit beiden Händen auf Middie ein. »Du bist schuld, du und deine perverse Schwester!«

Sie schlug und schlug, bis Middie keinen Schmerz mehr spürte, nur noch sterben wollte. Sie merkte nicht, dass die Mutter von ihr abgelassen hatte, weil das Schreien immer weiter ging und in ihren Ohren gellte. Bis sie zur Tür hinaus sah. Ihre Nase blutete und ein Auge war zugeschwollen. Trotzdem konnte sie erkennen, dass ihre Mutter mit einem Besenstil auf Stevie einschlug. Hin und wieder traf sie dabei die Haustüre. Stevie hob die Hände über den Kopf, und versuchte wegzurutschen. Aber die Mutter folgte ihr. Sie holte aus und schlug mit aller Wucht zu. Middie hielt den Atem an. Sie würde Stevie totschlagen. Stevie rollte zur Seite und der Besenstil krachte auf den Steinfußboden und zerbrach. Die Mutter erschrak und sah einen Moment fassungslos auf das zersplitterte Stück in ihrer Hand. Stevie nutzte die Gelegenheit und rannte davon. Mutter sank zu Boden und weinte, den Besenstil in der Hand.

Middie sah ihr zu. Sie spürte kein Mitleid. Nach einer Weile kam der Vater und brachte seine Frau in ein Krankenhaus. Middie und Stevie wurden im Zimmer eingeschlossen und bekamen einen ganzen Tag nichts zu essen.

Die Mutter blieb zwei Wochen im Krankenhaus. Danach nahm sie Tabletten, war teilnahmslos oder weinte. Erst nach Monaten nahm sie ihre anderen beiden Kinder wieder wahr. Und die Hölle begann.

»Es tut mir leid, dass ich dich erschreckt habe.« Ellen kniete neben Middies Liegestuhl und tätschelte ihre Hand. Sie kam langsam wieder zu sich. In Gedanken war sie sehr weit weg gewesen.

»Nein, nein. Ich musste nur an früher denken.«

»Die Ärzte sagen, es passiert immer wieder. Selbst heute noch. Der plötzliche Kindstod ist gar nicht so selten. Aber ich werfe mir vor, wenn ich im Zimmer geblieben wäre, dann hätte ich es bemerkt. Ich war egoistisch.«

»Du konntest ihn doch nicht immer im Auge behalten. Irgendwann musstest du schlafen oder etwas anderes tun.« Middie versuchte, ganz bei Ellen und ihrem Schicksal zu bleiben. Sie war froh, dass Ellen so sehr mit sich beschäftigt war, dass sie nicht nachfragte, an was Middie gedacht hatte.

Ellen setzte sich auf den Fußteil von Middies Liegestuhl, nahm ihren Cocktail und ließ die Flüssigkeit darin kreisen. Die Eiswürfel stießen gegen das Glas.

»Es war nicht irgendetwas, was ich tun musste. Ich wollte es tun.« Sie sah Middie an. »Ich war Schauspielerin am Staatstheater. Gerade als ich merkte, dass ich schwanger war, bekam ich die Rolle meines Lebens. Die Medea. Ich habe so lange geprobt, wie es ging. Als man den Bauch bemerkte, gab es natürlich einen riesigen Krach. Ich hätte den Vertrag nicht unterschreiben dürfen.« Eine Träne kullerte über Ellens Wange. Sie wischte sie nicht weg. »Tobias kam auf die Welt und als er zwei Monate alt war, wurde die Hauptbesetzung krank. Der Intendant rief mich an und fragte, ob ich einspringen wolle. Ich habe nicht lange überlegt. Weißt du, wenn er die Zweitbesetzung überging, dann hieß das, dass er mir eine Chance geben wollte, zurück ins Geschäft zu kommen.« Ellen weinte noch mehr. »Die Bühne war mein Leben.«

Middie wusste nicht, was sie trauriger finden sollte, den Tod des Kindes oder Ellens Verzweiflung. Sie konnte sich Ellen sehr gut auf der Bühne vorstellen, sie war leidenschaftlich und sehr präsent.

»Was wirst du als Nächstes spielen?« Middie wollte sie von ihrem Kummer ablenken.

Ellen stand abrupt auf. Sie nahm das Cocktailglas und stürzte es hinunter. »Ich spiele seit zehn Jahren nicht mehr.«

Middie nahm die abendliche Tablette aus dem Schränkchen. Sie hielt inne. Langsam drehte sie den Finger um und ließ die Tablette ins Waschbecken fallen.

In dieser Nacht war die Luft feucht und es war unerträglich im Bett zu liegen. Middie dachte an Ellens Geschichte. Es berührte sie, dass ihre Nachbarin aus Schuldgefühlen so lange nicht ihrer größten Leidenschaft folgen konnte. Aber Ellen kannte wenigstens Leidenschaft und Berufung. Was gäbe Middie darum, wenn sie aus ihrer Mittelmäßigkeit heraustreten könnte! Texterin war kein Beruf, den sie sich erträumt hatte.

Sie lehnte sich an das offene Schlafzimmerfenster und starrte zum Vollmond hinauf. Eigentlich hatte sie nie Träume gehabt.

Es war immer noch mindestens dreißig Grad warm, dabei war fast Mitternacht. Aus dem Gefrierfach holte Middie Eiswürfel, setzte sich nackt auf die Hollywoodschaukel und ließ die Eisstücke auf ihrem Körper schmelzen. Sie rieb über ihre Arme und Beine und kühlte ihr Gesicht, bis sie schauderte und eine Gänsehaut bekam. Sie fuhr zwischen ihren Brüsten entlang und ließ das kalte Wasser über den Bauch rinnen und in ihren Schoß tropfen. Plötzlich dachte sie an die Legende von Freya. Die Mädchen, die der Teufel geholt hatte, weil sie an Weihnachten an ihren Liebsten gedacht hatten.

Mich hat längst der Teufel geholt!

Aber sie hatte keine Angst vor ihm. Sie glaubte nicht an ihn und auch nicht an Gott. Sie hatte nur Angst vor ihren Gefühlen Stevie gegenüber. Middie starrte wieder zum Mond und wünschte, sie könnte heulen wie ein Wolf. Ihre Trauer und all ihren Schmerz herausjaulen und aller Welt verkünden, wie sehr sie litt. Die Welt wusste gar nichts. Nicht, dass sie in ihrer Familie einsam gewesen war, nicht, dass ihre Schwester ihre Geliebte geworden war. Middie hatte nie darüber gesprochen. Ja, sie hatte lange Zeit nicht einmal gewusst, dass es Sünde war, was sie taten. Als sie es verstand, war es zu spät, um darüber zu sprechen. Sie hatten ein Geheimnis.

Es verband sie für immer, das erkannte Middie, als der letzte Eiswürfel geschmolzen war.

1982

Männer

Mit zwanzig Jahren beschloss Middie, endlich normal zu werden und sich auf einen Mann einzulassen. Dennoch war sie überrascht, als Bernhard sie ansprach. Sie hielt es zunächst für ein unverfängliches Gespräch unter Kollegen, bis sie bemerkte, dass sich seine Augen verdunkelten. Es war nur eine Nuance, aber sie erkannte es wieder und augenblicklich schoss ihr alles Blut in den Kopf.

Bernhard hatte die gleiche Art wie Stevie, den Kopf schräg zu halten und dabei breit zu grinsen. Etwas Forderndes lag darin, etwas das sagte: Hab dich nicht so. Und gleichzeitig wirkte es unschuldig: Ich tu dir nichts, ich bin harmlos.

Middie drehte sich weg, ließ Bernhard mitten im Gespräch stehen und rannte beinahe aus dem Raum. Im Flur stieß sie mit der Sekretärin zusammen, entschuldigte sich nicht, weil sie es kaum bemerkte, und flüchtete in die Toilette. Zitternd hockte sie auf dem Rand der Toilette, sprang wieder auf und sah in den Spiegel. Ihre Wangen glühten immer noch, sie sah blühend aus, stellte sie verblüfft fest.

In ihrem Leben hatte es immer nur Stevie gegeben, in einer Ausschließlichkeit, die ihr jetzt erst bewusst wurde, auch wenn Stevie die meiste Zeit weg war. In der Realschule hatte Middie das Geplänkel der Mitschülerinnen beobachtet. Ihr Gekicher, wenn ein Junge vorbeiging. Aber sie hatte nie dazugehört. Sie war zu still, zu seltsam, zu anders. Freundschaften hatte sie keine geschlossen. Niemand interessierte sich für sie. Ihre Leistungen waren nicht gut genug, dass sie Freunde angelockt hätte, die abschreiben wollten. Ihre Klappe war nicht frech, sodass sie andere zum Lachen bringen konnte. Und ihr Aussehen war nur mittelmäßig, kein Grund, sich in ihrer Gegenwart aufgewertet zu fühlen.

Jemand klopfte gegen die Tür und schreckte Middie aus ihren Gedanken. Sie ging zurück an ihren Schreibtisch, sah stur geradeaus, versuchte, Bernhards Anwesenheit auf der anderen Seite des Raumes zu ignorieren. Mit Mühe konnte sie sich auf ihre Arbeit konzentrieren, sie wollte darüber nachdenken, was es bedeutete, dass er sie so ansah, dabei wusste sie es längst.

Sie tippte die handgeschriebene Vorlage ihres Chefs ab. Das war ihre Hauptbeschäftigung während ihrer Ausbildung zur Texterin. »Dabei lernst du am meisten«, sagte er jedes Mal, wenn er ihr wieder einen Stapel Entwürfe hinlegte. Als sei er der Maßstab fürs Schreiben schlechthin. Anschließend korrigierte er mit Rotstift seinen eigenen Text, als sei es die schlechte Version eines anderen und sie musste ihn noch einmal abtippen.

Bernhard war der Liebling des Chefs, er durfte bereits nach einem halben Jahr eigenständige Texte verfassen. Er hatte einen großen weichen Mund und redete viel. Das war es, was sie schließlich zum Nachgeben brachte: Er umgarnte sie mit seinen Worten, Worte, die sie vermisste, seit Stevie nicht mehr da war. Sie starrte Bernhard an und wartete darauf, dass er wieder den Kopf schieflegte und grinste.

Middie hatte gelernt, auf die kleinsten Anzeichen zu achten und Zwischentöne ernst zu nehmen. Schließlich war Mutter so wechselnd in ihren Reaktionen, dass sie sehr aufmerksam hatte werden müssen. Manches Geschrei und einige Prügel konnte sie dadurch abwenden, und so hatte sie kaum Zweifel darüber, was Bernhard von ihr wollte. Er war nicht einmal subtil in seinen Avancen und es war leicht, seine Absichten zu lesen.

»Guten Morgen, Middie.«

Seine Augen wanderten an ihr hinab und wieder hinauf, als sei sie selbst der gute Morgen, dabei trug sie nur ein dunkelblaues Sweatshirt und eine schlichte Jeans. Sie hatte sich eine Dauerwelle geleistet, um ihr Aussehen zu verbessern, fühlte sich aber eher wie ein Pudel.

»Das kannst du mir überlassen.« Er tippte für sie einen Text ab, in dem der Chef besonders unleserlich herumgekritzelt hatte, lächelte breit und machte Überstunden, die nicht bezahlt wurden. Offenbar hatte er beobachtet, dass Middie häufig länger bleiben musste, weil sie mit ihrer Arbeit nicht fertig wurde. Sobald die Sekretärin gegangen war – der Chef ging immer als Erster – saßen nur noch sie beide im Büro. Bernhard quasselte, während er tippte. War er schneller fertig als Middie, hockte er sich auf ihre Schreibtischecke und redete weiter. Middie bekam kaum mit, wovon er sprach, denn sie konnte nicht zwei Dinge gleichzeitig tun, so wie er, sie musste sich auf das Tippen konzentrieren. Es ging um sein Auto, irgendein Sportwagen, in dem sie mitfahren sollte, seine Fußballmannschaft und eine Renovierung in seiner Wohnung, die er vornehmen musste, das registrierte sie am Rande. Sie nickte und lächelte hin und wieder, und wenn sie am Ende von ihrer Schreibmaschine aufsah, dann fiel sie wieder in seine Augen hinein, die sich verdunkelten.

Sie ging mit ihm ins Kino und er lehnte sich in seinem Sitz zu ihr herüber und flüsterte ihr einen Kommentar ins Ohr. Und das gab den Ausschlag dafür, dass sie mit ihm nach Hause ging: Er war ein bisschen wie Stevie, machte Späße, sprach mit ihr und das Grinsen verursachte ihr einen heißen Schauder der Erregung.

»Du redest nicht viel, hm?«, fragte Bernhard, als er ihr das Sweatshirt über den Kopf zog und seine Hände auf ihre Brüste legte.

Middie nickte erst, dann schüttelte sie den Kopf, sie legte sich auf sein Bett, und als er sich neben ihr ausstreckte, drehte sie sich auf den Bauch. Bernhard strich mit einem Finger ihre Wirbelsäule entlang und kniff ihr ins Gesäß.

»Na komm schon, dreh dich um«, flüsterte er ihr ins Ohr.

Nun war gar nichts mehr so, wie Middie es kannte. Bernhard roch anders, die Stoppeln auf seinen Wangen zerkratzten ihr Gesicht, er hatte Haare auf der Brust, in denen sich Schweißtropfen sammelten, und seine Haut war nicht so fein wie Stevies. Sie vermisste Stevies Brüste und dachte daran, dass sie sich mehr Zeit nahm, sie zu berühren, an den richtigen Stellen zu berühren. Aber das Flüstern an ihrem Ohr, das half ihr, da zu bleiben und zu tun, was Bernhard verlangte.

»Nimm in ihn die Hand«, sagte er und sie ignorierte das Gefühl, dass hier etwas ganz und gar nicht stimmte und sie davonlaufen wollte. Aber sie war es nicht gewohnt, zu tun, was sie wollte. Sie blieb, weil sie sich sagte, einmal müsse es ja ein Mann sein. Sie drehte sich auf den Rücken und Bernhard schob sich auf sie.

Das geht alles viel zu schnell, dachte Middie, aber ihre Kehle war wie zugeschnürt und sie konnte nichts sagen. Sie spürte Bernhards Atem an ihrem Hals, schauderte ein wenig und spürte eine leichte Erregung. Sie wartete, dass er etwas sagen würde. Ein Flüstern an ihrem Ohr, das hätte ihr geholfen. Aber Bernhard blieb stumm. Er atmete nur immer lauter. Middie bewegte die Schulter, sie wollte, dass er den Kopf hob und sie ansah. Sie wollte wenigstens seine Augen sehen, wollte wissen, ob sie auch die Farbe wechselten. Aber Bernhard reagierte nicht auf ihre Bewegung. Er schnaufte, stieß sein Glied in sie hinein und sie hatte das Gefühl, Sand würde in ihr zerrieben werden. Sie wollte von dem Schmerz wegrutschen, aber Bernhard lag zu schwer auf ihr und so biss sie die Zähne zusammen. Endlich gab er ein Ächzen von sich, zuckte und sank dann auf sie herunter.

Middie stieß ihn mit den Händen weg. Er rollte neben sie.

»Das müssen wir aber noch üben, was?« Er lachte. Lachte einfach, als sei das einer ihrer unvollkommenen Texte, die noch zu verbessern wären.

Middie schwieg. Sie wischte eine Träne aus dem Augenwinkel fort.

Bernhard blieb weiterhin freundlich, plauderte im Büro auf sie ein und half ihr, sobald der Chef gegangen war, beim Abtippen. Anschließend gingen sie essen oder machten einen Spaziergang.

Jeder Abend endete in seinem Schlafzimmer und mit einer Träne in Middies Augenwinkeln. Sie konnte sich nicht entschließen, mit ihm Schluss zu machen, denn sie war sich nicht einmal sicher, ob sie überhaupt miteinander gingen. War das nun eine Beziehung? Dazu fehlte ihr die Erfahrung. Würde es mit der Zeit besser werden? Sie wollte normal sein und vielleicht musste sie sich einfach nur daran gewöhnen.

Nach zwei oder drei Wochen ließen sie das Abendessen aus und fuhren sofort in sein Schlafzimmer. Middie ekelte sich jeden Abend mehr. Er schien niemals aufzuräumen. Die gleichen Socken lagen in der Ecke neben der Tür, der Rollladen stand immer in der gleichen Höhe und das Fenster auf kipp. Trotzdem roch es nicht gelüftet. Auch Bernhards Geruch nahm sie mit jedem Mal deutlicher wahr. Sie mochte ihn nicht.

An einem Abend schloss Middie zum ersten Mal nicht die Augen. Sie sah zur Decke und dachte an Stevie. Sie dachte so intensiv an sie, dass ein dicker Kloß ihre Kehle verschloss, als Bernhard von ihr herunterrollte.

Middie machte sich bereit, ihre Kleider wieder anzuziehen. Sie bückte sich nach ihrem Höschen, Bernhard räkelte sich in seinem Bett.

»Weißt du Middie, ich glaube, wir sollten das lassen. Es ist nicht das, was ich mir an Leidenschaft vorstelle. Das verstehst du doch, oder?«

Middie schwieg. Schnell zog sie sich an.

Als sie an der Tür war, rief er: »Denk mal drüber nach. Vielleicht bist du ja frigide. Nichts für ungut. Aber so kannst du keinen Mann glücklich machen.«

Erstaunt ließ Middie die Klinke los und sah ihn an.

»Tut mir leid«, sagte sie.

Neue Versuche

Am nächsten Morgen öffnete Middie die Augen und fuhr im Bett hoch. Urwald! Grün wucherte an allen Wänden ihres Schlafzimmers, rote Blüten öffneten wollüstig ihre Blätter, Ranken wanden sich Tänzerinnen gleich zur Decke. Verwirrt setzte sich Middie auf, bevor die den Fensterladen öffnete und das Morgenlicht hereinließ. Fassungslos starrte sie auf die Tapetenbahnen, die am Boden lagen. Es sah aus, als seien sie einfach von den Wänden gerutscht. Sie hatte nackt geschlafen und so stand sie nun mitten im Zimmer und spürte zu ihrer Überraschung keinen Ekel mehr vor der Sinnlichkeit der Bemalung. Im Gegenteil, sie fuhr sich über Brüste und Schenkel und bemerkte mit einem wohligen Schaudern, dass der Urwald spiegelte, was sie am Tag zuvor und in der Nacht auf der Hollywoodschaukel empfunden hatte: pralle Lebendigkeit und Lebenslust.

Middie lachte leise vor sich hin, als sie die Tapetenbahnen in einen Müllsack stopfte. Egal ob die Feuchtigkeit der Nacht die Tapete durchweicht und abgelöst hatte oder sie selbst das im Schlaf gemacht hatte, das Ergebnis gefiel ihr.

Mit Leichtigkeit schrieb sie den Text über die Teufelsquelle und schickte ihn ab. Danach suchte sie im Internet nach der Rolle der Medea. Sie wollte wissen, was Ellens sehnlichster Wunsch gewesen war. Als sie eine Stunde später den Laptop ausschaltete, fühlte sie sich wie auf einem Höhenflug. Vielleicht wurde sie größenwahnsinnig, aber sie hatte den dringenden Wunsch, Ellen zu helfen. Und eine verrückte Idee, ganz nach Ellens Art, hatte sie auch. Gleich am Montag wollte sie damit beginnen.

Middie tigerte eine Weile auf und ab und überlegte, was sie den restlichen Tag tun sollte, dann fielen ihr die Heftromane hinter der Wandverkleidung ein. Sie zog wahllos einen heraus: *Verbotene*

Gefühle, das war genau die richtige Beschäftigung für einen langen Sonntagnachmittag. Sie begann zu lesen.

Die Geschichte von Annegret von Ittenstein, die ihren Koch liebte und ganz unstandesgemäß Zeit in der Schlossküche verbrachte. Lesend ging Middie hinaus auf die Terrasse und setzte sich auf die Stufen zum Garten. Als die Sonne um die Hausecke wanderte und sie zu schwitzen begann, legte sie sich in die Hollywoodschaukel unter dem Apfelbaum. Dort verfolgte sie, wie Annegret ihren Standesdünkel überwand und ihr Erbe in den Wind schießen wollte, nur um ihrem Gefühl zu folgen. Aber dann, als die Wende verriet, dass der Koch ein verarmter, aber angesehener Adelsspross war, setzte sich Middie ärgerlich auf.

Was hatte sie erwartet? Wieder einmal wurde die Weltordnung erhalten, nicht erschüttert oder auf den Kopf gestellt. Sie warf das Heft ins Gras und sah einer Biene zu, die um eine Löwenzahnblüte schwirrte. Der ganze Rasen war übersät mit dem Unkraut und sie dachte an die geblümten englischen Gartenhandschuhe, die sie seit Tagen nicht mehr aus dem Schuppen geholt hatte. Auch jetzt verspürte sie keinen Drang, dem Unkraut zu Leibe zu rücken.

Sie kramte im Wandschrank nach einem neuen Roman und entdeckte zwischen den schmalen Bändchen ein ledergebundenes Buch. Die Kanten waren abgestoßen, es sah aus, als sei es oft benutzt worden. Middie blätterte darin herum und erkannte, dass es sich um ein Tagebuch handelte. Die hellblaue Tinte verriet ihr, dass darin mit einem altmodischen Füller geschrieben worden war. Zuerst fühlte sie sich, als würde sie in der Privatsphäre eines Menschen herumschnüffeln, aber dann nahm das Leben des Schreibers sie gefangen. Sie vertiefte sich in das Tagebuch des Heftromanautors.

»Ich brauche etwas aus dem Baumarkt. Würdest du mich hinfahren?« Am Montagmorgen war es plötzlich ganz leicht, Ellen um einen Gefallen zu bitten.

Ellen nickte verschlafen. »Lass mir eine Stunde Zeit, ich habe einen schrecklichen Kater.«

Middie lachte. »Ich koche dir einen starken Kaffee.« Ellen sollte unbedingt zu ihr kommen.

Ellen brauchte zwei Stunden, aber dann stand sie frisch und schön vor Middies Tür. Middie sah neidisch auf Ellens gewickelten Leinenrock und wünschte, sie hätte nur halb so viel Geschmack wie die Nachbarin. Die Ohrringe hatten den gleichen Rotton wie der Rock und passten zu Ellens dunklen Haaren.

Sie saßen am Küchentisch und Middie fragte Ellen aus.

»Willst du nicht wieder ans Theater gehen? Du hast doch lange genug getrauert.«

Ellen schüttelte den Kopf.

»Ich kann das Tobias nicht antun. Ich weiß, das klingt seltsam, aber für mich ist das so. Wenn ich wüsste, dass er ... ach, ich weiß nicht.« Ellen runzelte die Stirn.

Middie hielt erwartungsvoll den Atem an.

Wirkte das Haus schon?

»Manchmal sehne ich mich danach. Das schon«, sagte Ellen plötzlich und sah überrascht aus.

Middie spürte, wie sich ein Lächeln in ihr ausbreitete.

Ihr Plan klappte! Schnell stand sie auf und räumte die leeren Kaffeetassen in die Spüle. Als Erstes musste sie einkaufen. Ellen fuhr mit ihr zum Baumarkt und fragte nicht danach, was sie vorhatte.

An Nachmittag sägte und leimte sie vor dem Schuppen. Ellen hatte sie erklärt, sie wolle ein paar Renovierungen durchführen. Als sie mit ihrer Arbeit fertig war, fragte sie Freya, ob sie ihr Fahrrad ausleihen könne.

Freya lag in der Hängematte und strickte.

»Nur zu«, sagte sie. »Hier, das kannst du sicher gebrauchen.«

Sie streckte Middie eine winzige Mütze aus blauer Wolle hin. Ein kleiner Bommel zierte die Spitze.

Middie steckte die Mütze auf ihren Finger und wackelte damit.

»Woher weißt du, was ich vorhabe?«

»Als alte Frau kann man weise werden.«

»Und hellsichtig?«

»Vielleicht.« Freya zuckte mit den Achseln. »Aber danach musst du das dritte Zimmer öffnen.«

Middie nickte verblüfft.

»Ich hasse es, wenn ein anderer fährt«, maulte Ellen.

»Lass die Augen zu.«

»Wenn ich Überraschungen nicht so lieben würde, dann würde ich das Spiel nicht mitmachen.«

»Ich weiß. Nur einen kleinen Moment noch. So. Jetzt kannst du gucken.«

Middie parkte vor dem Friedhof.

Ellen stieg langsam aus. Ihr Gesicht war ernst.

»Was hast du vor?«

Middie führte sie zum Grab ihres Sohnes und sie sahen schon von Weitem die Kerzen flackern. Ellens Schritt stockte, als sie erkannte, was Middie auf das Grab gestellt hatte.

»Eine Bühne?«

Sie ging davor in die Hocke und betrachtete alles ganz genau. Middie sah, wie sie immer wieder die herabrinnenden Tränen wegwischte.

Aus Laubsägenholz hatte sie einen Kasten zusammengeleimt, einen roten Stoff gerafft und als Vorhang befestigt. Darin saß ein Kasper aus Stoff mit Freyas gestrickter Zipfelmütze. Eine Groß-mutter saß bei ihm. Sie hielt ein Buch auf dem Schoß, aus dem sie offenbar vorlas.

»Was soll das?«, fragte Ellen.

»Du warst lange genug die Medea. Du hast sie auf der Bühne gespielt und jetzt spielst du sie im richtigen Leben. Aber dein Sohn will eine Mutter haben. Ich glaube, er wäre stolz, wenn du wieder auf die Bühne gehen würdest. Spiel für ihn! Wenn es einen Himmel gibt, dann sieht er es. Und du machst ihn froh.«

Ellen weinte. Mit zitternden Händen ließ sie den Kasper auf der Bühne hüpfen und unter Tränen lächelte sie.

Middie sprang vergnügt die Stufen zu ihrem Haus hinauf. Sie öffnete den Briefkasten und nahm den ersten Brief heraus, der an ihre neue Adresse geschickt worden war. Sie schloss die Tür auf und sah gleichzeitig nach dem Absender: *Verkehrspolizei Stuttgart*. Erstaunt riss sie mit dem Schlüssel den Umschlag auf und gab der Tür einen Schubs.

Sie stand im Flur und im nächsten Moment geschahen mehrere Dinge gleichzeitig. Während sie das Schreiben herausfummelte, sah sie den Anrufbeantworter blinken, sie drückte den Wiedergabeknopf, hörte die übellaunige Stimme ihres Chefs, die sie aufforderte, ihre Mails zu checken, las: *Mietwagen, Autohof, 340,- Euro* – und ihre Mutter sah sie an!

Middies Gesicht wurde heiß vor Schreck. Der silberne Bilderrahmen mit der Fotografie ihrer Mutter stand wieder auf der Kommode im Wohnzimmer. Schon von weitem sah sie, wie böse ihre Mutter war. Und sofort hörte sie ihre Stimme: Du hast mich sehr, sehr enttäuscht.

Middie bekam weiche Knie und ihre Hände wurden feucht. Was war passiert? Wer hatte das Bild aus der Schublade genommen? Sofort dachte sie an Stevie. Mit klopfendem Herzen sah sie in alle Räume und spähte in den Garten. Nichts.

Mach dich an die Arbeit, sagte ihre Mutter.

Tausendmal hatte Middie diesen Satz gehört. Er hatte ihren Tag bestimmt. Arbeit war das Einzige, was die Mutter einigermaßen versöhnlich stimmen konnte. Wenn Middie sonst nichts zustande brachte, konnte sie wenigstens versuchen, die Mutter zufrieden zu stellen, indem sie alle Arbeiten pünktlich erledigte.

Wie in Trance schaltete Middie den Computer an und sah nach

den Arbeitsaufträgen, die ihr Chef gemailt hatte. Sie legte den Brief der Verkehrspolizei beiseite. Irgendwann später musste sie das Auto auslösen. Offensichtlich hatte Stevie es irgendwo stehen gelassen.

Der erste Auftrag war langweilig aber aufwändig. Sie sollte zweitausend Kommentare mit unspezifischer Aussage für Blogs verfassen. Middie wusste, dass Blogbetreiber dadurch ihre Trefferquote in Suchmaschinen erhöhen konnten. Also schrieb sie: *Prima, tolle Seite, weiter so.* Und eintausendneunhundertneunundneunzig Varianten dieser Aussage. Sie brauchte vier Stunden. Ihre Schultern verkrampften sich. Sie trank nichts, aß nichts, rührte sich nicht vom Stuhl, bis sie den Auftrag abschicken konnte. Den Blick ihrer Mutter im Nacken verwandelte sie sich wieder in das brave Mädchen voller Angst. Sie wollte unsichtbar sein und gleichzeitig sehnte sie sich nach Anerkennung. Nachdem sie auf Senden gedrückt hatte, drehte sie sich vorsichtig um und sah ihre Mutter an. Deren Augen waren Stein.

Mach weiter, du bist noch nicht fertig.

Middie erlaubte sich nur, ein Glas Wasser zu trinken. Sie stand am Fenster und sah Freya in ihrem Garten hantieren. Schnell trat sie einen Schritt zurück, damit die Nachbarin sie nicht sehen konnte. Später würde sie die Wand einreißen, zuerst musste sie den nächsten Auftrag abarbeiten.

Middie öffnete die nächste Mail, und noch während sie die Anweisung durchlas, wurde sie zu einer leblosen Hülle.

»*Zwei DinA4 Seiten zum Thema Prügelstrafe – ein Erziehungsmittel der schwarzen Pädagogik.*«

Ich kann das nicht. Aber ihre Mutter sagte: Stell dich nicht so an.

Middie starrte auf den Bildschirm und ließ sich von der Endlosschleife des Bildschirmschoners hypnotisieren. Das kann ich nicht – stell dich nicht so an – das kann ich nicht – stell dich nicht so an.

Es klingelte und sie schreckte hoch.

Ellen stand strahlend vor der Tür und verkündete, sie habe mit ihrem Intendanten telefoniert und sie könne nächste Woche zu einem Gespräch vorbeikommen. Ein Kinderstück würde inszeniert werden. Aufgeregt sprudelte sie heraus, dass sie eine Neuanfangsparty geben wolle, ganz spontan in einer Kneipe in Stuttgart. Übermorgen.«

Middie nickte mechanisch. Sie bewegte sich wie in einer Zwischenwelt.

»Bist du okay?«, fragte Ellen.

»Nur müde, ich hab viel gearbeitet.«

»Alles klar, dann bis bald!« Im Weggehen fügte Ellen hinzu: »Hast du gesehen, auf dem Feld wird ein Zirkus aufgebaut?«

Middie ging hinter das Haus. Tatsächlich, auf dem Brachfeld standen mehrere Trucks, und etliche Männer waren dabei Material abzuladen.

Middie verschränkte die Arme und fröstelte trotz der warmen Nachmittagssonne. Ihr Unwohlsein verstärkte sich. Die Stimme ihrer Mutter hämmerte weiter in ihrem Kopf und die Erinnerungen an Stevie bedrängten sie immer stärker, je länger sie auf die Zirkuswagen und die Geschäftigkeit der Schausteller starrte. Sie fühlte sich umzingelt. Von ihrer Vergangenheit. Das, was sie hinter sich lassen wollte, hatte sie eingeholt. Ihr Magen wurde hart und ihre Beine zitterten. Mühsam ging sie ins Haus und verschloss die Tür. Sie klappte alle Fensterläden zu und hoffte, sie konnte das beklemmende Gefühl damit abwehren. Es funktionierte nicht. Die Erinnerungen an Stevie ließen sich zwar wegdrängen, aber die Stimme der Mutter saß in ihrem Kopf. Middie ging hin und her und rieb sich die Schläfen. Sie kannte nur eine Methode, um die Stimme zum Schweigen zu bringen. Sie musste arbeiten, viel arbeiten, sich anstrengen und nicht aufhören, bevor alles getan war.

Sie setzte sich an den Laptop und las noch einmal die Arbeitsanweisung: *Prügelstrafe – ein Erziehungsmittel ... und begann zu tippen: Wer nicht hören will, muss fühlen.*

Middie nahm die Finger von den Tasten. In ihren Ohren rauschte es. Sie legte den Kopf in die Hände und ihre Gedanken rasten davon.

Was hatte sie damals überhört? Sie bekam keine Antwort, damals nicht und heute auch nicht. Aber die Folgen bekam sie zu spüren. Es war die Wut ihrer Mutter. Middie hörte sie schreien: Es hätte dich treffen sollen! Oder deine abartige Schwester.

Es hatte Jane getroffen.

1970

Jane

Es war ein heißer Augusttag, heißer als alle Tage, die Middie je erlebt hatte. Die Sonne brannte auf ihrem Kopf.

Middie war acht, Stevie zehn. Sie stachen Löwenzahn aus, die Mutter hatte es ihnen befohlen. Das Mittagessen hatte sie gestrichen, weil die Kinder ihrer Meinung nach am vormittag getrödelt hatten. »Er wird in den nächsten Tagen zu blühen beginnen. Ihr müsst vorher fertig sein.«

Jane saß im Schatten der Hecke und jammerte: »Mir ist so warm.« Sie war fünf Jahre alt. Ihre sonst blasse Haut war rot, das Haar klebte feucht an der Stirn. Da sie nicht genug Kraft hatte, das Werkzeug in die steinharte Erde zu drücken, bekam sie die Aufgabe, den Inhalt der gefüllten Eimer zu einem Haufen zusammenzuschütten, der abends angezündet werden sollte. Das Löwenzahnfeuer war der Höhepunkt des Jahres. Das Unkraut wurde zusammen mit Ästen verbrannt und die Kinder durften den Flammen zusehen.

Middies Knie waren grün vom Gras, in dem sie den ganzen Tag gekniet hatte, unter ihren Nägeln steckten Erdkrümel, die Handflächen klebten vom Saft des Löwenzahns. Stevie sah genauso aus. Ihr Eimer war schneller voll, und damit Middie nicht noch mehr Ärger bekam, schüttete sie einen Teil ihres Unkrauts in Middies Eimer.

Plötzlich sprang Stevie auf die Füße, rannte zum Haus und lugte um die Ecke Richtung Vorgarten. Sie verharrte kurz, dann warf sie ihr Werkzeug in hohem Bogen davon und rannte zu Jane und zog sie an der Hand hoch.

»Los. Kommt schnell, sie ist weg«, rief sie.

Middie ließ das Werkzeug fallen und nahm Janes andere Hand, gemeinsam rannten sie los. Die Kleine jauchzte, wenn ihre Beine vom Boden abhoben.

»Engelchen, flieg«, rief sie. »Nochmal!«

Middie und Stevie schwenkten mühevoll die Schwester durch die Luft und erreichten in wenigen Minuten den See, der mitten im Dorf lag.

Stevie sprang mit allen Kleidern hinein und plantschte wild herum.

»Ich will auch!« Jane zerrte an ihren Sandalen.

»Stevie! Bleib am Rand«, schrie Middie ihrer Schwester hinterher, die ein Stück hinauskraulte.

»Halt Jane fest«, schrie Stevie zurück.

Jane war bereits dabei, ins Wasser zu waten. Middie zog ihre Sandalen aus und folgte ihr.

»Gib mir deine Hand«, befahl sie.

»Nein!« Jane verschränkte die Arme und ging schneller. Plötzlich stolperte sie und plumpste ins Wasser. Sie schrie und strampelte. Aber das Wasser war an dieser Stelle noch nicht tief und sie merkte es. Lachend blieb sie sitzen und schlug mit den Händen auf das Wasser.

»Bleib da. Hörst du?« Middie beugte sich zu Jane hinunter. »Ich gehe nur kurz schwimmen, ich bin gleich wieder da.«

Jane lachte und schlug Middie eine Ladung Wasser ins Gesicht.

Middie fuhr zurück. »Miststück.«

Sie unterdrückte das Bedürfnis, die kleine Schwester unterzutauchen, sprang ins Wasser und schwamm Stevie hinterher. Sie tollten herum und bespritzten sich gegenseitig.

Nach einer Weile hörten sie Jane greinen. »Ich will auch schwimmen!«

»Geh zu ihr«, befahl Stevie.

»Geh doch du hin.« Middie drückte ihre Schwester unter Wasser. Stevie tauchte unter ihr hindurch und zog an ihrem Bein.

Schließlich schwammen sie ans Ufer, weil Jane nicht aufhörte zu weinen.

Stevie hielt Jane im seichten Wasser am Bauch fest und Middie bewegte die Arme der Schwester. »So musst du es machen.«

Sobald sie losließ, paddelte Jane wie ein kleiner Hund.

»Ja, ja, weiter«, rief Stevie und drehte sich mit ihr im Kreis.

»Sie lernt es nie.« Middie sah verächtlich auf ihre Schwester, gleichzeitig freute sie sich. Die Kleine hatte immer noch ein tiefrotes Gesicht und konnte sich nicht entscheiden, ob sie weinen oder lachen sollte. Meist tat sie beides gleichzeitig.

Der Gedanke, dass Jane etwas nicht lernen konnte, erfreute Middie. Jane, die immer die Begabtere war, die Hübschere, die Bravere, die ihr immer als Ideal vorgehalten wurde. *Deine Schwester macht mir nur Freude.*

»Gehen wir zurück, sonst gibt es Ärger«, sagte Middie.

Sie nahmen Jane wieder in die Mitte und rannten zurück in den Garten. Jane legte sich in den Schatten und schlief ein. Nach einer Weile wachte sie auf und klapperte mit den Zähnen. Sie jammerte, sie habe Kopfschmerzen.

»Du hast einen Sonnenstich, bleib liegen«, befahl Stevie. Middie und sie arbeiteten weiter, bis Jane sich übergab. Sie wischten ihren Mund sauber, gaben ihr zu trinken und legten sie an einer anderen Stelle in den Schatten, wo sie wieder einschlief.

Als die Mutter nach Hause kam, bemerkte sie nichts. Sie sah mit einem milden Lächeln auf ihre Jüngste, hob sie auf.

»Sie schläft so süß, mein Goldschatz.« Dann trug sie Jane ins Haus.

Erst als sie Jane nach einer Stunde nicht wecken konnte, wurde sie nervös. Das Mädchen war heiß, zu heiß und sie atmete schwer. Der Arzt wurde gerufen und er diagnostizierte eine Lungenentzündung. Den ganzen Nachmittag und Abend hörte Middie ihre Mutter im Haus rumoren, sie ging hin und her und versorgte die kleine Schwester.

Die nächsten zwei Tage stieg und fiel das Fieber und regelmäßig wurden Wadenwickel gemacht. Jane atmete schwer und hustete viel, bekam Tabletten zerdrückt in Bananenmus, was sie meist wieder erbrach.

Die Mutter ging einkaufen und Middie und Stevie mussten die Kleine hüten. Es gab nicht viel zu tun, sie sollten nur bei ihr im Zimmer sitzen und Acht geben. Weder Middie noch Stevie wussten, was sie dafür tun sollten. Das Fenster stand weit offen, die Läden waren geschlossen und zwischen den Ritzen kam kein Lüftchen herein. Es war stickig heiß im Raum.

Jane strampelte unruhig im Bett herum, stieß das Laken beiseite. Middie zog es wieder über ihr zurecht. Stevie versuchte, sie abzulenken. Sie turnte im Zimmer herum und zeigte ihre neuesten akrobatischen Kunststückchen. Jane sah mit glasigen Augen zu.

»Komm, Middie.« Stevie hielt das Stillsitzen nicht mehr aus. »Wir rennen zum See und tauchen einmal unter.«

»Was, wenn sie zurückkommt?«

»Feigling«, sagte Stevie. »Dann geh ich allein.«

Middie sah durch die Ritzen des Fensterladens, wie Stevie Richtung See rannte. Als sie mit nassem Haar ins Zimmer kam, war die Mutter immer noch nicht da.

»Gehst du noch einmal?«, fragte Middie.

Sie beugten sich beide über Jane, die tief atmete. Stevie pustete der Schwester ins Gesicht.

»Ja. Sie schläft jetzt.«

Middie musterte ihre kleine Schwester. Sie hatte keine roten Flecken mehr auf den Wangen. Offenbar ging es ihr besser.

»Warte. Ich komme mit!«, rief sie.

An diesem Abend wurde kein Löwenzahnfeuer angezündet. Jane starb, noch bevor die Schwestern vom Schwimmen zurück waren.

Erwachen

Middie kam wieder zu sich, sie saß auf der Hollywoodschaukel und wusste nicht, wie sie hierhergekommen war. Ihre Augen fühlten sich an, als hätte sie lange geweint, aber ihr Gesicht war trocken.

All die Jahre war sie überzeugt davon gewesen, sie sei Schuld am Tod ihrer Schwester. Mutters Verachtung und die Prügel hatten sie das glauben lassen. Aber jetzt, nachdem sie sich daran erinnert und aufgeschrieben hatte, was damals geschehen war, sah sie klar. Sie trug keine Schuld. Sie war selbst ein kleines Mädchen gewesen. Es schmerzte sie, zu erkennen, dass niemand sie getröstet und vor Mutters Launen beschützt hatte. Aber der Schmerz war leichter zu ertragen als die tödliche Starre, in die sie verfallen gewesen war.

Nur Stevie hatte sie aus der Starre geholt.

Stevie. Sie sehnte sich nach ihrer Schwester. Sie hatte ihr immer aus den dunklen Stunden geholfen. Wenn sie kam. Und irgendwann kam sie immer zurück.

Erstaunt sah Middie, dass die Zeltmasten schon aufgerichtet waren. Sie hörte ein Pferd wiehern und roch die Sägespäne, die überall auf den Boden gestreut waren. Middie wurde aufgeregt, als die Leuchtreklame eingeschaltet wurde. *Zirkus Stern.* Mit dieser Truppe war Stevie lange herumgezogen.

Middie fühlte sich wie gerädert, als sie zurück ins Wohnzimmer ging. Hier herrschte eine riesige Unordnung. Sie hatte gar nicht gemerkt, dass sie das Konzeptpapier auf den Boden geworfen hatte. Leere Wasserflaschen standen herum und benutzte Gläser. Der Laptop surrte. Sie ging näher, sah auf die Datumsanzeige und erschrak. Es war bereits Donnerstag. Zwei Tage lang musste sie wie im Fieber geschrieben haben! In was für einen Wahn war sie verfallen gewesen? Hatte Freya recht und das Haus brachte Stress, Arbeit und Probleme? Nein, das Schreiben hatte ihr Erleichterung gebracht. Ihr Blick wanderte umher und blieb an der Kommode hängen. Das Bild ihrer Mutter war fort! Middie zog die Schublade auf. Sie war leer. Erstaunt ging sie im Haus herum und besah ihre Unordnung in den anderen Räumen.

Was hatte sie die zwei Tage getan? Was für ein Aussetzer! So schlimm war es noch nie gewesen.

Sie wartete auf die Stimme ihrer Mutter, die ihr befahl, aufzuräumen. Aber nichts geschah. Middie nahm Papier vom Tisch und verstreute es auf dem Boden. Sie wartete. Dann kippte sie einen Rest Wasser darüber. Nichts. Sie ließ das Glas fallen, es zersprang mit lautem Knall. Nichts. Middie warf alles durcheinander, was sie finden konnte: Sofakissen, Bücher, ihre Schuhe. Dann verteilte sie eine Tüte Zucker über den Küchenboden und begann wie irre zu lachen.

»Sie ist weg! Sie ist weg!«

Sie rannte aus dem Haus und pflückte einen Strauß Löwenzahn. Sie riss an den Stängeln und freute sich, als der Saft über ihre Hände lief.

Plötzlich stand Ellen vor ihr. »Bist du okay?«

Middie umarmte sie lachend. Sie musste ein verrücktes Bild abgeben. Ungewaschen, zerzaust und ihre Hände klebrig vom Löwenzahnsaft.

»Ich habe mich von meiner Mutter befreit. Es ist wunderbar. Ja, ein Wunder!«

»Dann hast du jetzt auch etwas zu feiern.« Ellen lächelte. »Kommst du mit auf meine Party?«

»Warte einen Moment, ich mache mich schön.« Middie lief zum Haus, hielt inne und drehte sich zu Ellen um. »Ich habe schön gesagt. Ich war noch nie schön, bis heute!« Sie schüttelte den Kopf. »Können wir bei der Gelegenheit den Mietwagen abholen?«

In ihrem Badezimmer angekommen fiel ihr auf, dass sie zum ersten Mal nicht bemerkt hatte, was Ellen trug. Es war egal. Sie wollte heute Abend ohne BH aus dem Haus gehen. Sie zog ihr neues

Kleid an und besprühte sich mit Parfüm.

Ellen wurde mit Freudenrufen empfangen, umarmt und von Middie weggezogen. Middie staunte darüber, dass Ellen so viele Freunde und Bekannte hatte. Der Raum war voll mit fröhlichen Menschen. Middie schnappte Gesprächsfetzen auf, während sie herumging. Es schienen lauter Theaterleute zu sein und sie hatte nicht das Bedürfnis, sich zu unterhalten, stattdessen bediente sie sich am Buffet und nahm sich ein Glas Sekt, das ein Kellner auf einem Tablett vorbeitrug. Sie fühlte sich völlig ausgehungert und halb verdurstet, aber so klar wie schon lange nicht mehr. Ihr Kopf war frei. Keine Stimme, die ihr sagte, sie solle das Finger-Food nicht so hastig verschlingen, oder dass es sich nicht gehörte, sich so viel auf den Teller zu laden. Als sie das zweite Glas Sekt nahm, erwartete sie eine Rüge in ihrem Kopf. Sie sollte den Durst nicht mit Alkohol löschen und außerdem müsse sie ja nachher noch fahren. Nein, alles blieb still und Middie spürte, dass sie die ganze Zeit lächelte.

Später am Abend wurde die Musik laut gedreht und ein paar Leute begannen zu tanzen. Sie sah ihnen zu und wiegte sich im Rhythmus der Musik.

Ellen stand plötzlich vor ihr. Ihr Gesicht glühte vor Freude.

»Geht es dir gut? Ich hatte gar keine Zeit, nach dir zu sehen. Es ist so herrlich, wieder dabei zu sein. Soll ich dir ein paar Leute vorstellen?«

»Nein, lass nur, es ist gut so.«

Ellen atmete tief durch und nahm Middie das Glas aus der Hand.

»Was trinkst du? Ich habe Durst.« Sie trank das Glas leer und hakte sich bei Middie ein. »Wie kann ich dir dafür danken, dass du mir geholfen hast?«

»Das war das Haus«, widersprach Middie. »Nicht ich.«

Aber Ellen hörte ihre Antwort nicht. Sie wurde in diesem Moment von zwei Frauen begrüßt, die sie stürmisch umarmten und beglückwünschten. Sie schwatzten eine Weile, aber Middie verstand nicht, worum es ging, die Musik war zu laut. Die Frauen beugten sich immer wieder zu Ellen und schrien ihr etwas ins Ohr. Middie beobachtete, wie die beiden Frauen sich immer wieder berührten, während sie mit Ellen sprachen. Es geschah ganz selbstverständlich und es war leicht zu erkennen, dass sie sich sehr nahe standen. Schließlich gingen sie zusammen auf die Tanzfläche und tanzten, die Arme umeinandergelegt.

Ellen beugte sich zu Middie.

»Du weißt doch, dass man jeden Tag eine Verrücktheit machen muss.«

Middie lächelte. »Das behauptest du immer.«

»Hast du schon mal eine Frau geküsst?«

Middie wurde rot, weil ihr sofort Stevie in den Sinn kam, aber dann nickte sie.

Ellen umfasste ihre Taille und lehnte sich ein wenig zurück und sah sie neugierig an. »Wirklich? Das hätte ich dir nicht zugetraut.«

»Das war vor ewigen Zeiten.« Sie fuhr mit der Hand durch Ellens langes Haar und sagte: »Zehn Jahre ist das her.«

»Wie hieß sie?«

»Es war die heilige Sophia.«

»Quatsch!« Ellen lachte. »Wer war sie, sag schon.«

»Eigentlich hieß sie Olga.«

»Du überraschst mich wirklich«, sagt Ellen.

Die Musik hüllte sie ein, und während sie tanzten, erinnerte sich Middie an die Frau, die es fast geschafft hatte, dass sie allem entkommen wäre: Mutter, Stevie und dem trübsinnigen Leben, das sie damals führte.

1992

Olga

Eine chinesische Akrobatengruppe des Varieté-Theaters turnte zwischen Fackeln herum und Middie verbat sich, Vergleiche zu Stevies Können anzustellen. Sie hoffte nur, dass die Vorstellung bald vorüber wäre und damit auch der Betriebsausflug kurz vor Weihnachten. Erleichtert atmete sie durch, als die Nummer vorbei war und eine Hellseherin mit besonderer Begabung angekündigt wurde.

Eine große dunkelhaarige Frau in einem glitzernden Hosenanzug trat auf die Bühne. Middie schätze sie auf dreißig, genauso alt sie sie selbst war.

»Die heilige Sophia!« Ihr Assistent, ein zarter Mann mit Pferdeschwänzchen, verneigte sich vor ihr und drehte sich dann mit ausgebreiteten Armen zum Publikum.

Blasphemisch, was für ein Name! Aber im Schaugewerbe war alles erlaubt und Middie wusste, dass nichts wirklich ernst genommen wurde. Die Frau dagegen schien ihre Arbeit sehr ernst zu nehmen. Sie lächelte nicht, verbeugte sich nur knapp vor dem Publikum und wandte sich dann ihrem Assistenten zu.

Erstaunt verfolgte Middie jede ihrer Bewegungen. Es war nicht die Ähnlichkeit zu Stevie, die Middie hellwach werden ließ, obwohl sie Schaustellerin war, und wie Stevie eine Stromerin. Nein, es war etwas anderes. Aber sie konnte nicht darüber nachdenken, das Geschehen auf der Bühne fesselte sie.

Der Assistent wählte, für die heilige Sophia nicht sichtbar, bestimmte Karten und hielt sie in die Höhe. Sie erriet, nein, sie wusste, welche Karte er dem Publikum zeigte. Sie wusste, ob ein Kreuz, ein Kreis, oder eine Blume darauf abgebildet war.

Ein alberner Trick, dachte Middie. Trotzdem war sie von der heiligen Sophia fasziniert.

Dann wurde eine Zuschauerin auf die Bühne gebeten. Sie bekam die Aufgabe, in einem Buch einen Satz anzustreichen. Die heilige Sophia konzentrierte sich einen Moment, die Hand theatralisch über dem zugeschlagenen Buch, und alle Zuschauer im Saal verstummten. Dann hob sie den Blick, sah über die Köpfe des Publikums hinweg und sagte langsam einen Satz, zu dem die Zuschauerin begeistert nickte. Applaus und Gejohle belohnten sie.

Die heilige Sophia ging anschließend am Rand der Bühne entlang und suchte nach einem weiteren Opfer. Sie fasste Middie ins Auge und winkte sie auf die Bühne.

Bei einer anderen Gelegenheit hätte sich Middie gesträubt, der Aufforderung zu folgen, solche Spielchen passten nicht zu ihr, sie trat nicht gerne ins Rampenlicht. Aber sie war neugierig, was die heilige Sophia mit ihr vorhatte.

Auf einem Stuhl musste sie Platz nehmen und die heilige Sophia setzte sich ihr gegenüber. Sie lächelte nicht, sah Middie nur in die Augen. Ihr Blick machte Middie nervös und sie senkte ihren Blick auf das glitzernde Revers, wo im Ausschnitt ein Anhänger schimmerte. Ein koptisches Kreuz.

»Sehen Sie mir bitte in die Augen«, verlangte die heilige Sophia sanft. »Denken Sie an einen Ort, der Ihnen viel bedeutet.«

Middie dachte automatisch an den Baggersee, an dem sie viele Sommernachmittage mit Stevie verbracht hatte.

»See, es ist ein See mit hellgrünem Wasser«, sagte die heilige Sophia prompt.

Middie hielt vor Überraschung die Hände vor den Mund.

Der Assistent riss die Arme hoch und forderte das Publikum auf, zu klatschen.

Middie versuchte sich zu fassen, Sophias Blick löste ein seltsam eindringliches Gefühl in ihr aus. Und dann kam auch schon die nächste Frage: »Und jetzt denken Sie an eine Person, die Ihnen viel bedeutet.«

Middie sah unwillkürlich Stevie vor sich.

»Es ist ein Mann ... nein ... warten Sie«, rief die heilige Sophia.

Middie wurde eiskalt und verkrampfte die Hände. Die heilige Sophia beugte sich zu ihr und tätschelte ihre Fäuste.

»Doch, ich sehe es genau: ein Mann!«

»Das ist jetzt nicht besonders überraschend«, rief der Mitarbeiter lachend und das Publikum lachte mit. »Noch eine letzte Frage von mir: Was wünschen Sie sich zu Weihnachten?«

Middie runzelte die Stirn. Weihnachten, das war eine trostlose Zeit, die sie mit ihrer Mutter verbringen musste. Geschenke tauschten sie schon lange keine mehr aus. Du bist nun erwachsen, hatte Mutter gesagt. Middie hatte gerne auf die Geschenke verzichtet, die sowieso nie ihren Geschmack trafen.

»Das ist aber eine endlose Liste«, witzelte der Assistent, weil sie so lange nicht antwortete. »Konzentrieren Sie sich jetzt bitte auf einen Gegenstand und sehen sie der heiligen Sophia in die Augen.«

Middie dachte an gar nichts, sie war zu sehr verwirrt, sie hob den Kopf und augenblicklich durchfuhr sie ein heißer Strahl der Erregung. Die Augen der heiligen Sophia schienen in sie einzudringen. Nicht in ihre Gedanken, wie sie es erwartet hatte und es das Publikum vielleicht vermutete, auch nicht in ihr Herz, wo die Wünsche entstehen mochten. Nein, sie fuhr unmittelbar in ihren Unterleib und ließ ihre Vagina pochen und anschwellen.

»Ein neues Auto«, sagte die heilige Sophia mit einem sanften Lächeln.

Middie nickte und spürte, wie sie feuerrot wurde.

Das Publikum klatschte.

Middie glaubte nicht, dass die heilige Sophia hellsehen konnte. Sie vermutete, dass sie über eine feine Beobachtungsgabe verfügte, über eine Fähigkeit, mit hoher Sensibilität auf kleine Zeichen zu achten, die von ihrem Gegenüber ausgingen. Und davon war sie fasziniert. Nachdem der Applaus zuerst Middie, dann die heilige Sophia und ihren Assistenten von der Bühne entlassen hatte, saß sie mit klopfendem Herzen wieder am Tisch.

»Wie witzig«, rief ihre Kollegin ihr zu. »Hat es wirklich gestimmt?«

Middie nickte. Sie stand auf und in diesem Augenblick erkannte sie sich selbst nicht wieder. Sie ging ins Foyer und suchte den Weg zu den Bühnenräumen. Es war nur ein kleines schäbiges Theater und schon die zweite Tür, die sie öffnete, führte eine halbe Treppe tiefer in einen schummerigen Gang, wo sie die Garderobe vermutete. Der Gang war zugestellt mit Requisiten und leeren Bierkisten, Kostüme hingen an Haken und über allem lag ein seltsamer Geruch.

Es war nicht so wie im Film. Was hatte sie erwartet? Einen Pulk von Verehrern mit Blumensträußen in der Hand? Eine Gruppe kreischender Fans? Es war niemand da. Sie stand allein im Gang. Eine nackte Glühbirne erzeugte ein nüchternes Licht, das nichts Verzaubertes an sich hatte. Sie dachte daran, wieder in den Zuschauerraum zurückzukehren. Etwas weiter vorne ging eine Tür auf und die heilige Sophia trat heraus. Mit verschränkten Armen stand sie da und nickte Middie zu, wieder ohne zu lächeln, und sie fühlte sich aufgefordert näher zu kommen. Kaum hatte sie die Frau erreicht, wurde sie in den Raum gezogen, und von innen gegen die Tür gedrückt. Die heilige Sophia legte ihre Hand in Middies Nacken und küsste sie. Und sie bemerkte mit Erstaunen, dass sie die Frau zurückküsste.

Die heilige Sophia ließ sie los und lächelte zum ersten Mal.

»Woher ... woher ...?«, stotterte Middie.

»Ich wusste, dass du da bist. Ich bin schließlich Hellseherin.«

Middie lachte auf. »Wie heißt du?«

»Olga.«

Olga! Das passte viel besser zu ihr als Heilige Sophia. War sie Polin? Eine geheimnisvolle Fremde aus dem tiefen Sibirien? Oder aus den Bergen Transsylvaniens? Diese Frau machte sie ganz verdreht.

Olga hatte sie die ganze Zeit aufmerksam beobachtet.

»Du denkst dir eine Menge zusammen«, sagte sie mit amüsiertem Unterton.

Middie bekam eine Gänsehaut.

»Ich brauche noch einen Moment.« Olga nahm eine Jacke von der Stuhllehne und legte sie über den Arm. Sie trug Jeans und ein schlichtes T-Shirt darüber.

»Ich entführe dich«, hauchte sie in Middies Ohr.

Sie verließen das Theater durch eine Seitentür und Olga zeigte auf einen alten VW-Käfer.

Middie hatte etwas Romantischeres erwartet, einen alten Mercedes oder eine Limousine, das hätte besser zu Olgas Erscheinung gepasst.

»Hast du eine Limousine erwartet?« Olga schloss die Beifahrertür auf und ließ Middie einsteigen.

Middie erstarrte. Fröstelnd zog sie die Jacke am Hals etwas enger und klemmte die Knie zusammen. Olga startete den Wagen und rieb mit dem Ärmel über die Windschutzscheibe, die immer wieder beschlug, weil es draußen so kalt war. Middie schwitzte vor Aufregung und knetete ihre Finger.

Nur ein paar Straßen weiter hielten sie vor dem *Hotel Krone*.

»Was hast du gedacht? Ich bringe dich in ein finsteres Schloss? Oder in einen Zigeunerwagen?«

Natürlich, sie lebte auf der Durchreise in Hotels. Sicher war es für ihre Schwester genauso, wenn sie ein gutes Engagement hatte.

Der Nachtportier hob kaum den Kopf, als Olga den Schlüssel verlangte. Erleichtert registrierte Middie, dass er ihnen keinen zweideutigen Blick oder ein wissendes Zwinkern zumutete. Lag es daran, dass es keine zweideutigen Gedanken hervorrief, wenn Olga eine Frau mit aufs Zimmer nahm? Aber als Olga ihr am Lift elegant den Vortritt ließ, dachte sie mit Schrecken, dass sie vielleicht nicht die erste und einzige Frau war, die Olga abgeschleppt hatte. Sie wirkte so souverän und Middie fühlte sich verunsichert.

Die Enge des Lifts hätte zu einem weiteren Kuss einladen können, aber Olga lehnte nur an der Spiegelwand und musterte sie.

Middie mied ihren Blick und sah auf den abgetretenen Linoleumboden.

»Jetzt wird dir mulmig, nicht wahr?«

Middie nickte. Es war nicht möglich vor Olga etwas zu verheimlichen – und das war es, was sie fesselte.

Middie, die sonst immer sehr schweigsam war und von den Männern aufgefordert wurde, doch ein bisschen mehr aus sich herauszugehen, hätte jetzt die Möglichkeit gehabt, noch schweigsamer zu sein, denn Olga konnte offensichtlich Gedanken lesen oder war zumindest so feinfühlig, dass sie erahnte, was in ihr vorging. Aber Olga bewirkte das Gegenteil. Middie sprach so viel wie sonst selten in ihrem Leben, höchstens noch mit Stevie.

Sie saßen in dem tristen Hotelzimmer auf dem Doppelbett, aßen Salzstangen aus der Minibar und tranken Wein. Die Flasche war so klein, dass es nicht einmal für einen Schwips reichte. Middie erzählte eine Anekdote über ihre Kollegen, die Olga zum Lachen brachte. Erstaunt sah sie, wie sie die Augen zusammenkniff und den Kopf zurückwarf. Sie hatte ein schallendes, rücksichtsloses Lachen, das Middie erfreute.

Seit wann war sie witzig? Ihre Ängstlichkeit verflog. Es war leicht, mit Olga zusammen zu sein, und sie wurde immer neugieriger darauf, was noch geschehen würde.

Olga bestimmte das Geschehen, sie rutschte näher, berührte Middie wie zufällig am Arm oder Knie, dann entfernte sie sich wieder und ließ nur den Blick nicht von Middie. »Erzähl weiter.«

Und Middie sprach von langweiligen Broschüren, die sie verfassen musste, als sei jede eine Komödie wert. Olga lachte. Sie lachte gern, das merkte Middie. Sie vertrieb damit das öde, pflichterfüllte Leben, das Middie eigentlich führte. Middie sprach von den Sommern am Baggersee, vom Radfahren, von der stillen Hitze im Garten, sie erzählte von allem, nur nicht von Stevie.

Unterdessen berührte Olga sie mit ihren Blicken.

Mach endlich, dachte Middie. Sie wusste nicht, was als nächstes kommen sollte, sie hungerte nur danach, dass Olga sie erlöste.

Olga beugte sich zu ihr. Zuerst fuhr sie mit der Zungenspitze sacht über Middies Lippen und küsste sie dann. Middie vibrierte vor Erregung und ihr Verlangen nach mehr steigerte sich. Aber Olga lehnte sich wieder zurück, trank einen Schluck Wein und fragte Middie nach einer weiteren Geschichte aus ihrem Leben.

Middie schüttelte den Kopf. Ihre Kehle war plötzlich wie zugeschnürt. Würde Olga sie den ganzen Abend hinhalten? Hatte sie sich etwas eingebildet und es würde keine Verführung stattfinden? Middies Leichtigkeit drohte einen Abhang hinunterzurutschen. Sie beschloss, das Glas auf den Nachttisch zu stellen und nach Hause zu gehen. Sie wollte sich nicht länger lächerlich machen.

Da nahm ihr Olga das Glas aus der Hand, noch bevor sie sich gerührt hatte, streichelte über ihren Hals, öffnete zwei Knöpfe ihrer Bluse und küsste ihren Brustansatz im Ausschnitt.

Middie entschlüpfte ein Seufzer. Endlich. Sie legte ihre Hand auf Olgas Haar, aber sie wagte nicht, sie zu streicheln. Kaum hatte sie den Gedanken gedacht und Wärme war in ihre Fingerspritzen geschossen, setzte Olga sich auf und zog ihr T-Shirt und die Jeans aus. Sie trug keine Unterwäsche und Middie war überrascht von der plötzlichen Nacktheit.

Olga nahm Middies Hände. »Du darfst mich auch anfassen.«

Und Middie ging auf Erkundungsreise. Sie ließ sich Zeit, endlich wieder einen Körper zu erleben, der so war wie ihr eigener und doch anders. Sie streichelte Olga. Es war, als würde sie in sich selbst eintauchen, sich selbst näher kommen, und Middie wurde überschwemmt von Gefühlen, die ihr Denken ausschalteten. Kein schlechtes Gewissen tauchte auf, keine Zweifel störten, diesmal war alles erlaubt.

Es war ganz leicht, die richtigen Dinge zu tun. Sie berührte Olga, die ihr zu verstehen gab, dass es auch genau das war, was sie spüren wollte: Sie atmete schneller, seufzte und gab kleine Töne von sich. Es war ein heißes Rauschen um Middie herum, als ob sie in eine Luftblase voller schillernder Lust eingetaucht wäre. Irgendwann legten sie sich erschöpft nebeneinander und schliefen, ohne die Lampe auszuknipsen, ein.

Middie erwachte am nächsten Morgen von den Küssen, die Olga auf ihre Schulter setzte wie kleine Tupfer. Ihr Kopf dröhnte, als hätte sie mehrere Flaschen Wein geleert, aber sie hatte nur an diesem winzigen Glas genippt.

»Du hast einen Liebeskater.« Olga hatte wieder ihre Gefühle erkannt.

»Du kannst ja wirklich hellsehen.«

»Natürlich! Hast du daran gezweifelt?«

Olga bestellte Kaffee aufs Zimmer und Middie stellte fest, dass es bereits neun Uhr war und sie auf jeden Fall zu spät zur Arbeit kommen würde. Sie musste auch nach Hause gehen und sich umziehen. Die Kollegen würden ihre Kleidung vom Vorabend erkennen. Und was würde ihre Mutter sagen?

Olga beobachtete ihr Gesicht.

»Lass uns den Tag zusammen verbringen, schwänz deine Arbeit. Hast du das je gemacht?« Ihre Augen blitzen. Und Middie sah darin, dass sie wusste, welche Macht sie über Middie hatte.

»Du hast mich ganz und gar.« Dieses Eingeständnis versetzte Middie mehr in Erregung als in Angst.

Sie ging erst am nächsten Abend nach Hause und ihre Mutter empfing sie mit zusammengekniffenem Mund.

»Was fängst du da für eine Schlamperei an? Wo warst du? Bei wem?«

Middie ging an ihr vorbei und fühlte sich gestärkt durch den Geruch, der an ihr haftete, eine Mischung aus Sex und Olgas Parfüm. Sie wagte es, energisch ihre Zimmertür zu schließen.

Nachdem sie sich geduscht und umgezogen hatte und sich bereit machte, das Haus zu verlassen, zu einer weiteren Nacht im

Varieté, schrie ihre Mutter: »Das erlaube ich dir nicht! So ein Lotterleben gibt es nicht in meinem Haus.«

Aber Middie hatte endlich keine Angst vor ihr.

Olga blieb eine Woche, sie trat jeden Abend auf und Middie sah ihr jeden Abend zu, wie sie die Gedanken der Zuschauer erriet. Sie nahm sich jedes Mal vor, Olga nach dem Trick zu fragen, aber dann vergaß sie es wieder, sobald sie mit ihr allein war.

»Wirst du mich verlassen und austauschen gegen eine andere Frau aus dem Zuschauerraum, die du mit deinem Blick behext?«, fragte Middie.

Sie lagen in Olgas Hotelzimmerbett, die Arme umeinandergelegt und die Beine ineinander verschlugen, die Haut noch feucht von der Lust, die sie sich bereitet hatten.

Olga sah sie lange an. »Du wirst es sein, die geht.«

»Niemals! Du weißt nicht, was du mir bedeutest.«

»Wegen einer Frau, vielleicht ist es sogar ein Mann, ich bin mir nicht sicher.«

Middie lachte und stritt es vehement ab.

Nach Bernhard hatte sie sich immer wieder auf Männer eingelassen, die in einer Art und Weise Stevie ähnelten. Entweder hatten sie ihr Grinsen oder ihr freches Auftreten, oder wie Bernhard damals, die Angewohnheit besonders viel zu sprechen. Aber außer ein paar Nächten blieb nichts zurück. Immer wieder ging sie frustriert nach Hause, und je älter sie wurde, umso seltener wurden die Gelegenheiten, wo Männer auf sie zugingen. Sie selbst war viel zu schüchtern, um eine Bekanntschaft voranzutreiben und sie in eine bestimmte Richtung zu lenken.

Olga strich ihr über die Stirn. »Du bist die Liebe meines Lebens.«

»Oh, sag das nochmal, das wollte ich schon immer mal hören.«

»Es gab vor dir nichts und nach dir wird es auch nichts geben. Du bist alles.«

»Das ist wunderschön und unglaublich kitschig.«

»Findest du? Ich kann´s noch besser. Du bist die wundervollste Frau auf Erden. Und ich meine es so.«

Middie lachte leise. Es war einfach zu albern, was Olga da sagte, aber sie wollte es glauben.

»Du willst wissen, wohin ich gehe, wenn das hier zu Ende ist?«, fragte Olga.

Sie fragte es genau in dem Moment, in dem Middie anfing, sich darüber Sorgen zu machen, wie es weitergehen würde.

»Ich kann mir mein Leben nicht mehr ohne dich vorstellen.« Das war es, was sie empfand. Oder hatte Olga sie bereits mit ihrer kitschigen Art angesteckt?

»Wir sind nächste Woche in Zürich.«

Middie atmete erleichtert durch. Dorthin konnte sie fahren, das war nicht so weit entfernt. »Ich werde jeden Abend kommen.«

»Ich kann nicht mehr ohne dich sein«, sagte Olga.

Aber dann, nach der Woche in Zürich, hatte die Truppe ein weiteres Engagement in Köln. Middie nahm sich Urlaub, um ihr nachreisen zu können. Danach wurde es immer schwieriger zusammenzubleiben, weil die Distanzen immer größer wurden.

Sie telefonierten jede Nacht nach Olgas Auftritten stundenlang und Middie bekam nicht mehr genug Schlaf.

»Wie soll ich die Zeit ohne dich überstehen?«, fragte Olga.

»Ich glaube, ich bin süchtig nach deinen kitschigen Sätzen.«

»Das ist kein Kitsch, das ist die wahre Liebe. Du bist nur noch nicht bereit dazu. Aber lach nur, das macht nichts. Ich liebe dich, so wie du bist.«

Ab Februar hatte Olga bis April kein Engagement. Erst danach ging die Spielzeit wieder los.

»Ich nenne es Urlaub«, erklärte Olga am Telefon. »Ich habe genug gespart und lade dich ein. Wir müssen in den Süden reisen, dorthin, wo die Liebe zu Hause ist.«

Sie versprach gleich nach dem letzten Auftritt mit dem Auto

von Prag zu kommen, um Middie abzuholen. Sie wollten gemeinsam weiter nach Italien fahren.

Middie trat in dem Moment ans Fenster und sah hinaus, als der alte VW-Käfer um die Ecke bog und vor dem Haus hielt. Olga blieb im Wagen sitzen und sie wusste, dass sie unglaublich erschöpft sein musste, weil sie viele Stunden gefahren war. Middie rannte hinaus, lachte, riss die Tür auf, ging neben dem Wagen in die Knie und legte ihre Hände auf Olgas.

»Endlich bist du da.«

Olga lächelte nicht.

»Komm, komm ins Haus. Leg dich eine Weile hin und wenn du ausgeruht bist, dann fahren wir weiter. Komm, meine Mutter ist nicht da.«

Middie hatte die Koffer gepackt, sie hätte sie nur ins Auto einladen müssen, und hätte selbst fahren können. Olga hätte auf dem Beifahrersitz schlafen können. Sie hätten einfach weggehen können, aber Middie holte Olga ins Haus ihrer Mutter.

Sie wollte, dass Olga eine Spur in ihrem Leben hinterließ, sodass sie sie würde spüren können, wenn sie wieder in ihren Alltag gehen musste und Olga weit weg ein Engagement haben würde. Sie wollte, dass Olga einmal in ihrem Bett lag, ihren Duft darin hinterließ, in ihrem Zimmer umherging, ihre Sachen berührte und ansah, ja, das ganze Haus mit ihrer Präsenz erfüllte, damit sie davon zehren konnte.

Olga legte sich ins Bett und war fast augenblicklich eingeschlafen. Middie setzte sich auf die Bettkante und beobachtete ihre Geliebte. Stundenlang hätte sie so sitzen können, sie war einfach nur glücklich, das Gesicht zu sehen, das kantige Kinn und die breiten, dunklen Augenbrauen.

Olga atmete tief und ruhig. Middie hatte Ehrfurcht vor ihrem Schlaf und brachte es nicht fertig, sie zu wecken. Immer wieder schielte sie zur Uhr, sie wusste, ihre Mutter konnte jeden Moment nach Hause kommen. Aber sie ließ Olga schlafen. Später wusste sie nicht mehr, warum sie das getan hatte. Vielleicht wollte sie, dass etwas Entscheidendes geschah. Etwas, das ihr Leben verändern würde. Vielleicht wollte sie einen Grund herbeiführen, dass sie nie wieder zurückkehren musste.

Sie hörte Mutters Schritte im Flur. Sie hörte ihre Stimme, die nach ihr rief. Middie blieb auf dem Bettrand sitzen, die Hand auf Olgas Hüfte gelegt, den Blick auf ihr Gesicht gerichtet. Olga rührte sich nicht, sie schlief fest, das konnte Middie spüren.

Mutter riss die Tür auf. »Warum hast du nicht das Abendessen gerichtet und ...«

Sie sah von Olga zu Middie und wieder zurück. An ihrem Gesicht konnte sie sehen, dass Mutter verstand, dass hier keine Arbeitskollegin oder eine Freundin schlief.

»Was soll das?«

Olga bewegte sich, und noch bevor sie die Augen aufschlug, wandte sich Mutter zur Tür. »Verschwindet. Alle beide. Sofort!«

Olga schrak hoch. Middies Herz klopfte. Sie nahm ihre Tasche und ihren Koffer, setzte den Koffer wieder ab und nahm stattdessen Olgas Schuhe und streckte sie ihr hin.

»Wir müssen gehen.«

Ohne zu fragen, erkannte Olga ihre Verzweiflung und die Dringlichkeit. Sie verließen hintereinander das Haus und stiegen in den VW Käfer. Middie sah zurück zum Haus. Sie glaubte, hinter der Gardine ihre Mutter erkennen zu können.

»Willst du wirklich mitfahren?«, fragte Olga. Aber dann lächelte sie und legte eine Hand auf ihr Knie. »Ja, du willst es.«

»Mach schnell«, drängte Middie und hatte das Gefühl, sie ginge doch nicht für immer.

»Ich dachte, mit mir stimmt was nicht, denn mit den Männern war es immer fruchtbar«, sagte Middie.

Sie trieben nebeneinander auf Luftmatratzen und konnten den

Strand gerade noch erkennen. Genauso fühlte sich Middie: weit weg von aller Welt, von ihrem Alltag und irgendwie von allem Realen. Sie dachte daran, wie sie mehrmals vergeblich versucht hatte, mit einem Mann eine Liebesbeziehung zu führen. Doch war die Nähe zu Stevie domminierend geblieben.

Olga griff nach ihrer Hand.

»Nicht, zieh nicht an meiner Hand! Ich rutsche gleich hinunter.«

»Du hast Angst vor der Tiefe.« Olga ließ ihre Hand wieder los.

Middie paddelte ein Stück weiter. Es stimmte, sie hatte Angst vor der Tiefe des Wassers, genau wie vor der Intensität zwischen Olga und ihr. Zu sehr erinnerte es sie an die Intensität mit Stevie, aus der es scheinbar kein Entkommen gab.

Aber da war etwas zwischen Olga und ihr, das neu war. Sie fürchtete, dass Olga diese Gefühle in ihr lesen konnte. Sie traute es ihr zu.

Stevie war anders als sie selbst. Durch ihre Größe, ihre Kraft, ihre Bestimmtheit. Die Nähe zwischen ihnen entstand durch die Verzweiflung, die sie erlebt hatten.

Bisher hatte sie nur auf Menschen reagiert, die Stevie ähnlich gewesen waren. Jetzt war jemand ihr selbst ähnlich. Sie hatte gelernt, die kleinsten Anzeichen ihrer Mutter zu registrieren, um ihre Unberechenbarkeit vorherzusehen, das hatte ihre Wahrnehmung so intensiv gesteigert, dass sie schnell gereizt und überflutet wurde, wenn sie lange mit anderen Menschen zusammen war. Nur Olga übertraf sie mit ihrer Sensibilität. Sie konnte ihre Gefühle und Gedanken lesen und tun, nach was sich Middie sehnte, noch bevor es ihr selbst bewusst war. Selbst mit Stevie war es nie so gewesen.

Middie meinte, in Glück zu baden.

Nur manchmal stieg eine Beklommenheit in ihr hoch, die sie nicht deuten konnte.

Nach einer Woche rief Middie zu Hause an. Sie ließ es lange läuten, aber ihre Mutter ging nicht ran. Nachdem sie es mehrmals versucht hatte, machte sie sich Sorgen.

»Ich denke, es ist etwas passiert«, sagte sie zu Olga.

Olga legte die Arme um sie und flüsterte in ihr Ohr: »Du kommst doch wieder zurück zu mir? Versprich es mir. Jetzt ist noch nicht der Zeitpunkt gekommen. Jetzt noch nicht.«

»Was meinst du? Natürlich komme ich wieder.«

»Da ist jemand in deinem Kopf, der hält dich besessen. Ich dachte immer, diese Person würde es sein, die dich von mir wegholen kann. Aber jetzt bin ich mir nicht mehr sicher, weil ich nicht gesehen habe, dass deine Mutter dich zurückholen wird.«

Middie streichelte Olgas Gesicht. »Ich gehöre zu dir wie der Mond zur Nacht oder die Sonne zum Tag.«

Olga lächelte. »Das klingt schrecklich kitschig.«

»Ich will mich nur versichern, dass alles in Ordnung ist, und dann komme ich zu dir und bleibe für immer bei dir.«

»Für immer und ewig?«

»Für immer und ewig.«

Olga senkte den Kopf.

»Was ist? War es nicht kitschig genug?«

»Doch«, Olga bemühte sich um ein Lächeln. »Es ist nur ... wer ist es?«

Middie trat einen Schritt zurück, sie ging ans Fenster und starrte in den blauen Himmel.

Stevie, dachte sie, sie sieht Stevie. Ich werde es ihr niemals sagen.

Olga trat neben sie. »Du willst es mir nicht sagen? Ich fürchte nur, dass du erst bei mir bleiben kannst, wenn du dich ganz gelöst hast ... von dieser Frau.«

Middie biss sich auf die Lippe. Sie konnte Olga nicht anlügen, aber die Wahrheit konnte sie ihr auch nicht sagen.

»Auf deiner Frankreichtournee werde ich dich begleiten. Bis dahin bin ich wieder bei dir.«

Zum ersten Mal sah Middie im Augenwinkel ihrer Freundin eine Träne schimmern. »Es ist deine Schwester.«

Middie erschrak. Sie hatte Olga nie von Stevie erzählt.

Ihre Mutter lag mit Herzproblemen im Krankenhaus.

»Sie müssen auf ihre Mutter achten, sie ist nicht mehr die Jüngste«, sagte der Arzt.

Sie brachte ihre Mutter nach Hause. Ihr Urlaub und die Begegnung mit Olga wurden mit keinem Wort erwähnt.

Ein paar Wochen später war Stevie mit ihrem frechen Lachen und dem Unsinn, den sie immer erzählte, gekommen. Middie lag mit ihr auf der Hollywoodschaukel und hörte ihren Geschichten zu. Sie sei in Rom gewesen und hätte viel Geld verdient.

»Die Italienerinnen wissen, was leidenschaftliche Liebe ist«, behauptete sie und legte ihre Hand auf Middies Bauch.

Sie zuckte zusammen und packte Stevies Handgelenk. »Nimm die Finger weg.«

»Bist du böse? Was hast du?« Stevie streichelte ihre Wange und wischte eine Träne weg.

Die Mutter konnte die Hollywoodschaukel vom Haus aus nicht sehen und sie ging nie in den hinteren Teil des Gartens. Stevie kam nur im Sommer, ein paar Tage und Nächte, solange es heiß war und sie auf der Hollywoodschaukel übernachten konnte.

Sonst hatte Middie die Heimlichkeit und das Verbotene erregt und sie hatte geglaubt, die Begegnungen mit Stevie seien das einzig Aufregende in ihrem Leben und wollte es um nichts in der Welt aufgeben.

Aber an diesem Tag fühlte sich Middie eingeklemmt. Nicht nur, weil es eng auf der Hollywoodschaukel war und sie hinten lag. Stevies Geruch, ihre Nähe und Vertrautheit bedrückten sie heute. Mutters Forderungen und ihre Launen drangen von der anderen Seite auf sie ein. Olga war in Frankreich und sie hatte es nicht geschafft, zu ihr zu gehen.

Sie blieb auch weiterhin und pflegte acht Jahre ihre Mutter.

Stevie ließ sich nicht mehr blicken und nahm Middie damit jede Hoffnung auf Erlösung.

Im Zirkus

Schon von Weitem sah sie die Leuchtreklame blinken. Stevie beschleunigte ihren Schritt. Ein Band der Sehnsucht zog sie zu den Wohnwagen und Zelten. Sie roch die Sägespäne und ihr Herz begann wild zu schlagen. Sie kannte das alles so gut: Das Brummen des Stromgenerators und das Rumoren der Tiere, das leise Kettenklirren, das Schnauben und Schaben am Gestänge. Im Imbisswagen zischte das Bratfett und über allem lag der klebrige Duft der Zukkerwatte.

Fünf Trucks standen aufgereiht am Rand des Feldes. Ihre Anhänger bildeten eine Trutzburg um das Gelände, das der Zirkus für sich beanspruchte. Gitter sollten Neugierige aussperren, aber Stevie ließ sich nicht aufhalten. Sie kannte das System, nachdem eine Zirkusstadt aufgebaut wurde. Von den Lamas musste sie sich fernhalten. Sie waren aufmerksam und bemerkten jeden Fremden, der sich außerhalb der Besuchszeiten ihrem Zelt näherte. Sofort liefen sie nervös hin und her und steckten gemeinsam die Köpfe heraus. Die Tierpfleger wurden dann misstrauisch. Die Raubkatzen ignorierten alles, was sich vor ihren Gitterstäben regte.

Stevie lächelte, die Könige der Tiere, selbst eingesperrt verloren sie nicht ihre Erhabenheit. Ihre Reiche entstanden dort, wo sie sich aufhielten, hoch oben auf den Anhängern oder im Bodengehege. Trotzdem konnte Stevie nicht an ihnen vorbei. Um ihre Anlage herum war ein Zwinger aufgebaut. Ein schwarzer Hund saß in einem Häuschen unter dem Anhänger, bereit sofort loszukläffen, sollte sie in die Nähe kommen. Stevie ging weiter, bis sie die Ochsen riechen konnte. Der erdige Moschusgeruch verriet ihr, in welchem der weißen Zelte sie standen. Neben dem Anhänger voller Stroh und Heu zwängte sie sich unter der Plane hindurch und klopfte dem schottischen Hochlandrind auf die rotbehaarte Flanke. Das Tier kaute ungerührt weiter. Daneben standen ein Wasserbüffel und ein Andenrind mit ausladenden Hörnern. Stevie dachte anerkennend daran, wie der Dompteur es schaffte, die behäbigen Viecher zur Formation zu bringen, sie dazu brachte, hintereinander zu gehen, ihre massigen Körper anzuheben und die vorderen Hufe auf ein Podest zu stellen. Viel war es nicht im Vergleich zur Show der Rappen oder der Akrobatik der Seehunde, aber sie waren beeindruckend in ihrer Ruhe und Schönheit. Stevie mochte die Rinder, weil sie so stoisch waren. Sie selbst war es nie. Sie wirkte zwar beherrscht und konzentriert, wenn sie ihre Nummern aufführte, aber im Inneren zog es sie immer weiter. Monster, hatte ihre Mutter geschimpft. Schlampe. Sie war im Herzen eine Vagabundin, das wusste sie, und es gefiel ihr.

Ein Tusch, eine flotte Melodie flogen durch das Zelt bis zu ihr hinaus. Stevie kannte den Ablauf, der in Variationen immer gleich begann. Alle Mitarbeiter waren jetzt auf ihren Plätzen. Eine große Gruppe von Artisten und Tänzerinnen bannte die Zuschauer mit buntfröhlichem Gewirbel. Wer nicht in der Arena auftrat, musste Requisiten bereitstellen, Vorhänge öffnen oder schließen, die Muskeln dehnen und sich aufwärmen. Jetzt war der beste Zeitpunkt sich anzuschleichen. Stevie wusste, wie man die Plane von außen so weit öffnete, dass man sich hindurchzwängen konnte. Sie wusste auch, an welcher Stelle sie am besten unter die Tribüne schlüpfen konnte.

Stickige warme Luft schlug ihr entgegen. Der Boden war übersät mit leeren Popcorntüten und Flaschen. Nach jedem Abbau hatten sie säckeweise den Müll eingesammelt, der zwischen den Rängen hinuntergefallen war, im Winter einzelne Handschuhe, im Sommer Kinderhütchen. Selten war ein Schal dabei gewesen, der noch zu gebrauchen war.

Stevie wartete, bis die erste Nummer vorbei war und mit einem Schlag das Licht ausging. Dann lief sie die Notausgangstreppe hinauf und weiter bis zur hintersten Sitzreihe. Sie glitt auf einen Sitz und versuchte so auszusehen, als säße sie schon von Anfang an hier. Keiner würde sich für sie interessieren.

Als die Scheinwerfer wieder angingen und Streifen über die Zeltkuppel zogen, hörte sie jemanden lachen.

»Solltest du nicht da unten sein?«

Es war Freya.

»So ein Zufall«, rief Stevie gegen die Trillerpfeife an, die der Clown blies, statt zu sprechen.

Sie spürte, wie Freya mit den Schultern zuckte. Sie glaubte ebenso wenig an Zufälle wie Stevie.

Das Zelt war voll, die Kasse würde stimmen, stellte Stevie mit einem Blick fest. Der Clown war gut, er hatte die Zuschauer schnell gebannt. Sie lachten bereitwillig über seine Späße.

»Haben sie den Zirkusdirektor abgeschafft?«, schrie ihr Freya ins Ohr.

»Er ist heutzutage Manager eines mittleren Unternehmens und stellt sich nicht mehr als Moderator in die Manege. Es gibt eine kleine Ansage aus dem Hintergrund. Die Künstler sollen und dürfen für sich wirken.«

»Warum? Ich mochte die Männer mit ihren Uniformen und Zylindern.«

»Es ist feudal. Das kannst du nicht mehr bringen.«

Schlag auf Schlag folgte eine Nummer nach der anderen. Das Tempo war atemraubend. Die Pferde galoppierten, die Akrobaten wirbelten und die Zuschauer quittierten die Darstellungen mit Raunen und anerkennenden Ausrufen. Die Artisten verbeugten sich knapp und sprangen elegant hinaus. Alles war perfekt.

»Treten keine Kinder auf?«, fragte Freya in der Pause, als die Zuschauer hinausdrängten und die Gitter für die Raubtiernummer aufgebaut wurden. Freya stellte die Füße auf den Vordersitz und wedelte sich mit dem Blusensaum Luft zu.

Stevie lächelte.

»Das ist kein Familienbetrieb. Hier treten Künstler von Weltrang auf. Sie werden unter Vertrag genommen, für eine Saison oder auch für kürzere Zeit. Jeder versucht, sich hochzuarbeiten.«

»Karriere beim Zirkus?«, fragte Freya erstaunt.

Stevie nickte. »Ein Highlight ist das Zirkusfestival in Monte Carlo. Dort gibt es sogar Prämierungen. Manche kommen mit ihrer Nummer ins Fernsehen, manche in Varietés.«

»Ist es das, was du willst?«

Stevie schluckte. Die Alte tat gerne naiv und im nächsten Moment stellte sie eine listige Frage. Sie musste vor ihr auf der Hut sein.

»Das wär doch nicht schlecht«, antwortete sie ausweichend.

Freya musterte sie mit zusammengekniffenen Augenbrauen.

»Siehst du wieder meine Chakren?«, fragte Stevie mit einem Unterton, der der Alten sagen sollte, dass sie das lächerlich fand.

Freya sah plötzlich betrübt aus. »Es klappt nicht mehr so recht. Ich werde wohl alt.« Dann begann sie zu kichern, als sei das der beste Scherz. »Trotzdem weiß ich, dass du dich für dein Glück entscheiden musst.« Sie zeigte mit weitausholender Geste über die Zeltkuppel. »Es ist wundervoll.«

Stevie nickte. »Hier bin ich wirklich glücklich.«

»Was hält dich ab?«

»Verpflichtungen.« Stevie starrte auf den Löwenkäfig, der in der Manege aufgebaut worden war. Es gab nur einen winzigen Eingang für die Raubtiere. Sie bildete sich ein, sie bereits riechen zu können.

»Sie wird es ohne dich schaffen.« Freya nahm die Füße von der Lehne, weil die Zuschauer wieder zurückkamen. Die Pause war zu Ende.

Stevie zuckte zusammen. Dann fiel ihr ein, dass sie Middies Nachbarin war, was sie vor ein paar Tagen nicht geahnt hatte, als sie bei ihr zum Essen saß. Sie konnte sich jedoch nicht vorstellen, dass Middie sich der Alten anvertraut hatte. Middie würde das Geheimnis bewahren.

»Warst du heute bei ihr?«, fragte Freya.

Stevie wunderte sich über ihren lauernden Blick. Was war mit der Alten los?

»Sie war nicht da. Ich versuche es nachher nochmal.«

»Hast du Angst, dass sie dich nicht gehen lässt?«

Stevie lachte auf. »Sie ist froh, wenn sie mich nicht mehr sehen muss.«

»Warum verschwindest du dann nicht einfach?«

»Ich muss noch etwas holen.«

»Was?«

»Du bist aber neugierig.« Stevie sah Freya erstaunt an.

»Du willst nichts lieber als weit weggehen, das merke ich genau. Stattdessen wartest du auf deine Schwester wegen irgendeines Dings? So etwas finde ich hochinteressant.« Freya ließ nicht die Augen von ihr.

Stevie fuhr sich durch die Haare. Sie waren fettig, sie musste sich waschen. Überhaupt sah sie wieder abgerissen aus. Sie brauchte eine Dusche und ordentliche Kleidung, neue Schuhe. Stevie sah dem Dompteur zu. In glitzernder Uniform sprang er souverän zwischen den Raubkatzen hin und her. Tippte sie mit seinem Stock an und sprang lachend zurück, wenn sie fauchten. Bereitwillig folgten die Tiere ihm. Sie wirkten dabei immer ein wenig gelangweilt.

Stevie spürte, wie sehr sie das Leben im Zirkus vermisste. Es war ihre Berufung. Sie konnte sich kein anderes Leben vorstellen. In einem Haus zu leben würde sie umbringen. Das bürgerliche Leben war für sie so fern wie der Mond. Sie brauchte kein Sparkonto, keine Nachbarn und keinen festen Wohnsitz. Aber sie brauchte die Puppe. Es war idiotisch, aber die Puppe beruhigte sie.

Stevie zögerte kurz, dann beschloss sie, mit Freya darüber zu sprechen. Wer, wenn nicht Freya, konnte das verstehen?

»Es ist ein Talisman. Ich habe einen Vertrag für ein Engagement in den USA. Und ohne die Puppe kann ich nicht ...« Stevie drehte den Kopf weg. Es war doch zu peinlich.

»Ja, dann ist mir alles klar. Hat Middie sie dir weggenommen? Was hat sie damit gemacht?«

»Ich weiß es nicht.«

Freya sah aus, als würde sie überlegen.

»Bestimmt ist sie im dritten Zimmer. Alle magischen Dinge sind dort. Sie muss es endlich öffnen«, sagte sie nach einer Weile.

»Hast du die Puppe gesehen?«

Die Löwen verließen die Manege, der Dompteur verbeugte sich knapp, die Zuschauer klatschten.

Freyas Augen weiteten sich, sie lächelte, stand auf und winkte Stevie mitzukommen.

»Wir haben lange genug gewartet.«

In der späten Dämmerung klingelten Freya und Stevie an Middies Haustür. Sie war immer noch nicht da.

»Kannst du da hinaufklettern oder brauchst du eine Leiter?« Freya zeigte zu Middies offenem Schlafzimmerfenster.

»Das ist nicht das Problem. Aber meine Schwester wird ja nicht die ganze Nacht wegbleiben.«

»Dann hole ich jetzt eine Leiter und steige selbst hinauf.« Freya stapfte zu ihrem Garten.

Stevie fühlte sich in ihrer Akrobatenehre provoziert. Sie rüttelte an der Dachrinne und setzte einen Fuß auf die Befestigungsschraube. Mühelos zog sie sich hoch, lehnte sich zum Fensterladen und hielt sich mit einer Hand daran fest. Sie brauchte nicht viel Kraft, um hinüberzuspringen. Gerade als ihre Füße durch die Luft schwangen, gab der Haken nach, es ruckte und der Fensterladen kippte. Stevie hing mit einer Hand daran und wollte gerade loslassen, um hinunterzuspringen – die Höhe war lächerlich – da merkte sie, dass der Laden hielt. Sie fand mit dem Fuß Halt auf dem Fenstersims. Mit einem Satz landete sie im Zimmer.

Sie wunderte sich, dass Middie das Fenster offengelassen hatte, früher hätte sie sich vor Einbrechern gefürchtet.

Allmählich gewöhnten sich ihre Augen an das Dämmerlicht im Zimmer.

Was war das?

Ein Urwald stürmte von allen Seiten auf sie ein. Verblüfft schaltete sie das Licht an und traute ihren Augen nicht. Niemals hätte sie ein so sinnliches Schlafzimmer erwartet. Stevie drehte sich um die Achse und staunte. Auf dem Bett lag ein burgundroter BH! Sie nahm ihn in die Hand, strich mit dem Daumen über die Spitze und schüttelte den Kopf. Das konnte nicht Middies Wäsche sein. Sie roch daran und fuhr zusammen. Es klingelte Sturm.

»Nun mach schon auf.«

Hastig warf sie das Kleidungsstück auf das Bett und ging in den Flur und öffnete die Haustür.

Freya trat ein, mit einer Spitzhacke in beiden Händen, und zeigte mit dem Kinn auf die Mahagonigarderobe.

»Abhängen.«

Sie ließ die Hacke auf den Boden gleiten, schaltete das Flurlicht ein und setzte sich gegenüber der Garderobe auf den Boden. Stevie tat wie ihr geheißen und lachte in sich hinein, als sie die Ziegelsteine erblickte. Es dürfte nicht viel Mühe kosten, die Wand einzureißen, sie war lächerlich schlecht gemauert worden. Sie klopfte probeweise gegen den Mörtel. Er war offensichtlich noch nicht ausgehärtet.

»Jetzt fang endlich an.«

Freya sah blass aus und ihre Augen lagen in tiefen Schatten.

»Geht es dir nicht gut?«

Statt einer Antwort wies Freya mit einer knappen Handbewegung auf die Mauer. Stevie kniff die Augen zusammen, um sie vor dem Staub zu schützen, und holte zum ersten Schlag aus. Es gab bessere Methoden, eine Wand einzureißen, aber sie hatte keinen elektrischen Meißel zur Hand. Der Schlag dröhnte durchs Haus, die Lampe flackerte und erlosch, dann leuchtete sie wieder auf. Stevie arbeitete weiter. Plötzlich hatte sie das Gefühl, die Zeit dränge, ein wildes Tier säße hinter der Mauer und wolle herausgelassen werden. Mit dem Unterarm wischte sie sich den Schweiß von der Stirn. Sie hatte wohl die Löwen zu intensiv angestarrt. Sie holte zum nächsten Schlag aus. Es dauerte nicht lange und der Durchbruch war geschafft. Auf Augenhöhe fiel ein Stück Ziegel heraus. Der Rest würde ein Leichtes sein.

Freya keuchte auf. Stevie drehte sich zu ihr um. Die alte Frau hielt die Hände auf die Brust gepresst. Stevie kniete neben ihr nieder.

»Was hast du?«

Freyas Augenlider flatterten. Sie atmete schwer. Dann riss sie die Augen auf und japste.

»Die Energie«, brachte sie hervor.

»Hast du keine Kraft mehr? Warte, ich hol dir Wasser. Brauchst du einen Arzt?« Stevie spürte, dass Freya nicht nur müde war. Sie strich über ihre Stirn und überlegte, ob sie den Krankenwagen rufen sollte.

Freya hielt ihre Hand fest. »Nein. Geh nur ein Stück zur Seite, damit die Energie zu mir kommen kann.«

Stevie setzte sich neben sie und sah sie besorgt an. Wurde sie wirr?

Freya atmete tief ein und aus. Ihre Gesichtsfarbe wurde wieder normal. Sie öffnete die Augen und sah Stevie mit klarem Blick an.

»Jetzt habe ich es verstanden«, sagte sie zufrieden. »Hilf mir. Ich will nach Hause.«

Stevie stützte sie beim Aufstehen, aber Freya konnte nicht mehr gehen. Ihre Füße knickten weg. Stevie hob sie auf. Die alte Frau war leicht wie ein Kind, das sie auf Middies Bett legen konnte.

»Ich hole dir etwas zu trinken.«

Im Wohnzimmer bemerkte Stevie die herumliegenden Papiere und Kissen. Der Boden in der Küche knirschte. Diese Unordnung sah Middie gar nicht ähnlich. Stevie sah aus dem Fenster, während sie ein Glas unter den laufenden Wasserstrahl hielt. In der Dämmerung rannte eine Frau zu Freyas Haus. War das Middie? Sie hatte die gleiche Frisur, aber sie bewegte sich völlig anders. Außerdem trug sie ein Kleid, das tat Middie nie.

Das leere Frauenzimmer

Schon von weitem sah Middie die Beleuchtung in ihrem Haus. Ungläubig fuhr sie näher und bemerkte die angelehnte Haustür. Sie sprang aus dem Mietwagen und rannte, so schnell sie konnte, zu Freyas Haus, klopfte und öffnete gleichzeitig die Haustür, von der sie wusste, dass sie immer unverschlossen war.

»Freya! Wo bist du? Bei mir ist jemand eingebrochen!«

Stille. Die Lichter brannten, aber die alte Frau war nicht da. Ohne zu zögern, nahm Middie die Pistole aus der Schublade und ging entschlossen zu ihrem Haus zurück. Sie drückte die Haustür auf, sodass sie gegen die Wand schlug, und richtete die Pistole geradeaus.

Stevie kam mit einem Glas Wasser in der Hand aus der Küche.

Middie ließ die Pistole sinken.

»Stevie! Was machst du hier?«

»Freya ist krank.« Stevie zeigte zum Schlafzimmer.

Die Nachbarin lag in ihrem Bett auf dem Rücken, die Hände über dem Bauch gefaltet. Middie setzte sich zu ihr.

»Ich darf mich nicht mehr einmischen«, flüsterte Freya heiser. »Mit der Energie wurde es mir klar. Gleich, als das Loch geöffnet war. Das war´s, warum ich nicht sterben konnte.«

Middie nickte verblüfft. Sie spürte Freyas Zufriedenheit. Ihr Gesicht jedoch war unheimlich blass, die Augen tief eingesunken und sie sah so alt aus, wie sie tatsächlich war.

»Ihr werdet eure Antwort auch finden. Geht hinein.« Sie schloss die Augen.

Middie ging zögerlich in den Flur, wo die herausgebrochenen Ziegelstücke und die Spitzhacke auf dem Boden lagen. Ein schlechtes Gewissen drückte in ihr. Sie hatte Freya versprochen, das Zimmer zu öffnen und dann war ihr alles wichtiger gewesen als der dringende Wunsch der Nachbarin.

»Was jetzt?«, fragte Stevie.

»Mach weiter.«

Nach wenigen, gezielten Schlägen brachen große Stücke heraus. Stevie beugte sich vor und sah durch das Loch, stockte, langte mit dem Arm hinein und schaltete das Licht an. Einen Moment später fuhr sie herum, die Hacke fiel polternd zu Boden.

Stevie packte Middies Oberarme und schüttelte sie. »Was hast du mit der Puppe gemacht?«

»Beruhige dich doch. Sie ist in einem Karton, du kannst sie meinetwegen haben.«

»Da ist kein Karton, kein einziger! Das Zimmer ist leer.« Stevies Blick sah gehetzt aus. Sie zerrte Middie näher.

»Da ist nichts.«

Tatsächlich, keine Spur von einem Möbelstück oder Karton. Middie strich sich über das Gesicht, als könnte sie eine Sinnestäuschung vertreiben.

»Ich ... ich ... Stevie. Es war alles da.«

Sie ging mit weichen Knien zu Freya.

»Freya«, flüsterte sie und beugte sich über die alte Frau, die mit geschlossenen Augen dalag. »Die Magie. Du hattest recht.«

Freya sah sie an und nickte kaum sichtbar. Stevie ging neben dem Bett in die Hocke und nahm Freyas Hand.

»Wo ist die Puppe hin?«, fragte sie.

»Ich soll mich nicht mehr einmischen«, sagte Freya. »Nicht mehr einmischen.«

Stevie streichelte ihre Hand. »Noch ein letztes Mal. Bitte.«

Freya schluckte, bewegte stumm den Mund, dann sagte sie: »Wenn man sich weiterentwickelt, verschwinden die Altlasten.«

Stevie erhob sich und rieb sich den Nacken. »Ich verstehe das nicht.«

Middie stand ebenfalls auf.

»Ich weiß, was sie meint.« Sie sah auf die buntbemalten Wände, den burgundroten BH auf dem Bettende und schließlich in Stevies

Gesicht.

»*Ich* hab mich verändert.« Langsam hob sie die Pistole hoch und richtete sie auf Stevies Brust. »*Du* nicht.«

Stevies Augen weiteten sich.

»Sei nicht albern.« Sie wollte nach der Pistole greifen, doch Middie wich zurück und straffte ihren Rücken. Mit steifen Armen drohte sie Stevie mit der Pistole.

»Wir gehen jetzt hinein.«

»Wozu? Das Zimmer ist leer.«

»Du hast gehört, was Freya gesagt hat.«

»Das sind Spinnereien einer alten Frau, ich bitte dich.«

»Hier ist Magie. Ich habe es gespürt, die ganze Zeit. Das dritte Zimmer wird mir helfen, endgültig mit dir fertig zu werden. Los. Geh, geh!«

»Oh mein Gott, jetzt bist du doch durchgeknallt.«

Aber Stevie gehorchte, sie wandte sich zum Flur um, zuckte mit den Achseln und wollte Middie zu verstehen geben, dass sie sie nicht ernst nahm.

Plötzlich leuchtete etwas auf. Die Glühbirne flackerte, das Leuchten im Schlafzimmer intensivierte sich. Middie glaubte, ein Summen zu hören. Wieder sangen die Wände in einem feinen Ton, so wie sie es schon mehrmals gehört hatte.

Middie beugte sich über Freya.

Noch blasser, aber gelöster wirkten ihre Gesichtszüge, die Augen sahen starr zur Decke.

Die alte Frau war gestorben.

Middies schluckte und legte ihre Hand auf Freyas Wange. Da bemerkte sie aus dem Augenwinkel eine Bewegung von Stevie. Sofort richtete sie die Pistole wieder auf ihre Schwester.

»Mach das Loch größer.«

Freya hatte bekommen, nach was sie sich gesehnt hatte, sie musste nicht traurig sein. Mit dem Handrücken wischte sie sich über die Augen und beobachtete Stevie, wie sie nach der Spitzhacke griff.

Mit ein paar gezielten Schlägen vergrößerte ihre Schwester das Loch und kroch hindurch. Middie folgte ihr. Doch dann schnappte Stevie sie von hinten, als sie halb durch das Loch geklettert war, und entwand ihr die Pistole. Sie warf sie in die Zimmerecke.

»Jetzt ist Schluss mit dem Quatsch.« Sie stieß Middie von sich. »Du erklärst mir jetzt den Scheiß. Wo ist die Puppe?«

»Erklär du mir, warum eine erwachsene Frau sich wegen einer Puppe so albern verhält.«

Die Lampe flackerte, erlosch und flammte wieder auf. Middie hatte das Gefühl, das Licht sei wärmer geworden. Stevie sah verwirrt zur Lampe und dann wieder zu Middie. Ihr Gesicht zeigte eine ungewohnte Weichheit. Sie rieb sich die Handgelenke und ging im Zimmer auf und ab.

Middie wusste, dass sie häufig Schmerzen in den Gelenken bekam. Sie waren ihre meist strapazierten Körperteile.

»Die Puppe ist ein Talisman für mich. Solange ich sie dabei habe, wird dir nichts geschehen.« Stevie schluckte und sah zu Boden. »Ich beschütze die Puppe stellvertretend, weil ich nicht bei dir sein kann.« Ihre Wangenmuskeln bewegten sich. Sie steckte die Hände in die Hosentasche und trat mit dem Fuß gegen die Wand.

»Du kommst und gehst doch seit Jahren, wie es dir passt.« Middie sagte es aus Gewohnheit, weil sie ihr das immer vorgeworfen hatte. Sie traute Stevies Offenbarung nicht, sie war eine geübte Komödiantin.

Stevie nickte. »Ich will auch weg, am liebsten ganz weit weg. Schon immer. Zu Hause war es doch unerträglich, ich musste einfach vor Mutter flüchten. Vater war nie da. Ist dir das eigentlich aufgefallen? Anfangs hieß es, er sei auf Geschäftsreise und er kam nur am Wochenende. Später kam er nur noch alle paar Monate und am Ende blieb er einfach ganz weg.«

Middie konnte sich kaum an ihren Vater erinnern. Sie sah ihn im Geiste nur von hinten, wie er mit dem Koffer zum Taxi ging. Sie sah ihn nicht zurückkommen. Ihr Vater war ein fremder Mann. Für

Stevie, die Ältere, mochte das anders gewesen sein.

»Hast du ihn vermisst?« Sie bereute im gleichen Moment, dass sie danach gefragt hatte. Sie sollte nicht auf ihre Schwester eingehen, denn sie wollte ihr nicht wieder nahekommen. Warum half das dritte Zimmer nicht? Wo blieb die Klarheit?

»Ich war jahrelang wütend auf ihn. Ich dachte, wenn er da gewesen wäre, dann hätten wir nicht so unter ihr leiden müssen.«

Middie verstand, was Stevie meinte. Mutter zeigte in ihrer ganzen Haltung, dass der Tod von Jane ein Schicksalsschlag war, von dem sie sich nie wieder erholen würde. Ihre Schultern sackten ein, die Mundwinkel wurden verkniffen und ihre Augen lagen tiefer. Diese Augen verfolgten Middie ihr Leben lang. Sie klagten sie an. Weil sie lebte, weil sie nicht anstelle der Schwester gestorben war. Middie dachte daran, wie diese Last sie immer niedergedrückt hatte.

»Ich, das Monster, ich wäre kein Verlust gewesen. Aber meine Wunderschwester fehlte auf dieser Welt«, sagte Stevie in Middies Gedanken hinein.

Middie äffte Mutters Stimme nach. »Was hätte alles aus Jane werden können! Wie schade, dass sie keine Gelegenheit mehr dazu hatte.«

Middie zerrte an den Latten, die sie vor das Fenster genagelt hatte.

»Hilf mir, ich ersticke hier drinnen.«

Gemeinsam rissen sie die Latten weg und Middie öffnete das Fenster und den Laden davor. Die Luft, die hereinströmte, war dick und schwer. Es gab keine Erleichterung. Das Zimmer half ihr nicht. Stattdessen fühlte sie wieder die alte Vertrautheit zu Stevie. Sie hatten alles gemeinsam bewältigt, sich gestützt und – überlebt.

»Also, was ist jetzt mit deinem Zauberzimmer? Es ist leer, und alles, was ich hier vor mir sehe, ist eine Frau, die nicht meine Schwester ist.« Stevie verschränkte die Arme vor der Brust und sah Middie spöttisch an.

»Ich bin nicht mehr die Gleiche«, gab Middie zurück. Sie hörte selbst, dass nicht viel Kraft in ihrer Stimme lag.

Wo war ihre Veränderung? Sie war eine andere geworden. Das Kleid war der Beweis. Oder nicht?

»Du machst doch auch nur eine Komödie. Du spielst die Schlampe!« Stevie sah auf Middies Brüste, die sich unter dem leichten Stoff abzeichneten. »Das bist doch nicht du.«

»Was weißt du schon, wer ich bin! Du hast mich doch jahrelang nicht mehr gesehen.«

»Statt mir das ewig vorzuwerfen, könntest du einmal versuchen, mich zu verstehen.«

»Ich versteh dich schon. Du bist eine Egoistin, die lebt, wie sie will. Das mache ich jetzt auch. Mutter ist endlich weg, raus aus meinem Kopf. Ich bin nicht verrückt, das weiß ich jetzt. Ich bin wirklich, echt und nicht so eine Schauspielerin wie du!«

Middie nahm die Pistole in die Hand und fuchtelte damit herum. »Effekte! Ha! Das kannst du am besten. Peng hier, peng da.« Middie zielte in jede Ecke des Zimmers. »Hauptsache eine Show. Das ist meine Schwester. Einen echten Menschen gibt es doch gar nicht, nur deine Rollen.«

Middie nahm die Pose des Siegers ein, stellte sich breitbeinig hin, hob die Pistole hoch. Dann zielte sie auf Stevie und drückte ab.

Es knallte ohrenbetäubend.

Die Kugel steckte in der Wand hinter Stevie.

Middie erstarrte. Stevie stand reglos da und starrte zurück. Erst als sie blinzelte, schoss eine Welle der Angst über Middie hinweg. Sie flog ihrer Schwester um den Hals, der Schwung warf sie beide gegen die Wand.

Middie tastete Stevie ab.

»Bist du verletzt? Sag was, bist du okay?«

Stevie drückte sie fest an sich.

Middie roch ihren typischen Geruch, das war Stevie. So war es immer gewesen. Sie hatten gemeinsam darunter gelitten, dass sie besser tot sein sollten. Die körperliche Nähe hatte ihnen die Lebendigkeit zurückgebracht. Middie legte die Arme um Stevies Taille und spürte ihre Hände auf dem Rücken.

Sie wusste noch genau, dass sie lange versucht hatte, weniger zu atmen, um ein bisschen mehr tot zu sein. Sie hatte ihre Wünsche ausgeschaltet und nur das getan, was Mutter von ihr verlangt hatte.

Stevie streichelte sie. Tränen liefen über Middies Wangen.

»Sie hat mir immer gesagt, was ich tun soll. Ich weiß noch heute, was sie will und denkt, und handele danach. Dabei ist sie tot!«

Stevie streichelte sie weiter und sagte: »Für mich bist du die Wichtigste. Du warst die Erste, die mich bewundert hat. Du hast zu mir aufgesehen und mir das Gefühl gegeben, dass ich toll bin. Für Mutter war ich doch nur das Monster. Für dich ...«

»Die beste Akrobatin.« Middie lächelte unter Tränen. Sie löste sich aus der Umarmung und wischte sich die Augen. »Du hast dir einen Sport daraus gemacht, alle zu entsetzen. Du konntest alles, was ich mich nicht traute.«

Middie umrundete das Zimmer. Sie ging an der Wand entlang und strich mit dem Finger über die Tapete, wo die Kugel steckte.

»Ich war eingesperrt. Du warst frei. Ich habe dich dafür gehasst.«

»Hast du nicht.«

»Hab ich doch.«

»Du bist mir um den Hals gefallen, wenn ich kam.«

Middie ging weiter und erinnerte sich daran, wie die Mutter sie geschlagen und herumkommandiert hatte und der Schmerz alles in ihr abgetötet hatte. Stevie stand in der Mitte des Raumes und folgte ihren Bewegung nur mit dem Kopf. Wartete.

»Ich hasse dich«, flüsterte Middie.

Sie sah, wie Stevie den Kopf senkte. So stand sie immer da, wenn sie eine Schimpftirade über sich ergehen ließ. Ergeben und doch mit einem Widerstand in ihrem Ausdruck. War es ihr Nacken, der sagte, ich lasse mich nicht unterkriegen? Waren es ihre Schultern, die nicht nachgaben? Dann wusste Middie, was es war: ihre Beine.

Stevie stand auf beiden Beinen, als sei sie ein Baum mit riesigem Wurzelwerk.

Middie lächelte. Das war es, was sie von ihr brauchte. Ihre Stärke.

»Erzähl mir etwas«, flüsterte sie und trat von hinten an sie heran.

Stevie fuhr herum und umarmte sie. Die Lampe flackerte und erlosch. Gemeinsam rutschten sie zu Boden, legten sich nebeneinander. Middie spürte den Atem auf ihrer Wange.

Sie schloss die Augen.

Und Stevie ließ die Finger wandern, sodass sie alles vergaß, auch dass sie Schwestern waren. Sie sagte nicht, hör auf, was machst du da. Sie hielt still, genoss es. Es war ein Nervenkitzel, eine Anspannung in ihrem Körper, der sie in einen Zustand brachte, der außerhalb von dieser Welt war. Stevie war die einzige, die sie lebendig machen konnte.

»Weißt du, was im Zirkuszelt geschieht, wenn alle Zuschauer gegangen sind? Wenn es tief in der Nacht ist?«, fragte Stevie mit weicher Stimme. Middie schüttelte den Kopf und Stevie fuhr fort: »Ich stehe in einem Spot. Gleißend hell und ganz weiß ist er. Breit und schräg fällt er von oben herab, sodass auf dem Boden ein Kreis entsteht.«

Middie sah alles vor ihrem inneren Auge auftauchen.

»Ich trage ein weißes Trikot aus Seide. Es ist ein wundervoller fließender Stoff, der sich um meinen Körper schmiegt. Das Oberteil ist weit, so dass ich mich bequem bewegen kann. Unter mir eine Glasfläche. Die Musik ist nicht von dieser Welt. Irgendetwas zwischen Soul und Klassik, schwebend und dynamisch zugleich. Ich bewege mich in diesem hellen runden Raum, zeige einen Salto nach dem anderen, Handstände und Schwünge, die keiner nachmachen könnte.«

»Geschmeidigkeit und Kraft pur«, murmelte Middie. Sie sah Stevie vor sich, wie sie wirbelte, sich drehte und Tanz und Akrobatik miteinander vermischte. Anmut und Kraft. Eine Kombination, die sie atemlos machte.

»Hin und wieder«, fuhr Stevie fort, »verschwinde ich im Dunkel, ich tauche auf, mit einem Arm, einem Bein oder durchspringe den Lichtkreis mit einem Salto. Dann bin ich wieder unsichtbar. Am Ende löse ich mich im Nebel auf.«

Sie wischte über Middies Gesicht, und Middie spürte den Hauch und öffnete die Augen.

Stevies Gesicht war ganz nah. Ihre Hand lag auf Middies Bauch.

»Können wir nicht so tun, als sei es nicht geschehen, weil es nicht von dieser Welt war? Es hatte nichts mit dem wirklichen Leben zu tun. Es war immer ein Ausnahmezustand. So wie jetzt.«

Middie wünschte sich das auch.

Stevies Tigeraugen wechselten die Farbe. Sie schimmerten dunkelblau, warm, wie der Abendhimmel, kurz bevor er schwarz wird. Es war erstaunlich, dass sie beide immer wieder das Gleiche fühlten.

»War es nicht die einzige Zeit, in der wir glücklich waren?« Stevie streichelte Middies Bauch und ihre Oberschenkel, langsam zog sie den Stoff ihres Kleides hoch.

Middie seufzte. »Ich wollte immer ein Fotoalbum haben, in dem nur die schönen Momente festgehalten werden.«

»Deswegen hast du immer wieder gesagt, mach weiter? Um schöne Momente zu sammeln?«

»Ja, das stimmt. Ich wollte es. Ich wollte spüren, dass ich lebendig bin. Die restliche Zeit waren alle meine Gefühle ... weg ... nicht da. Das war ein elender Zustand. Und du hast mich jedes Mal herausgeholt. Deswegen habe ich dir immer wieder verziehen, dass du mich dort gelassen hast.«

Middie spürte den Verschluss ihres Kleides im Nacken. Sie dachte daran, wie sie noch vor einer Stunde mit Ellen auf deren Party getanzt hatte, barfuß und sinnlich.

»Aber jetzt ist es anders, Stevie. Mutter ist tot und die schreckliche Zeit gibt es nicht mehr, wir brauchen es nicht mehr.« Sie drehte sich auf den Bauch.

»Ich schon.« Stevie legte ihre Hand auf Middies Gesäß.

Middie spürte die Wärme der Hand, die sich langsam zu Hitze steigerte, ihr Herz klopfte. Alles war so vertraut, es wäre so leicht, sich in die Vertrautheit fallen zu lassen. Stevie streichelte sie und sie spürte auf ihrer Haut den feinen Stoff des Kleides. Sie hatte sich dieses Kleid in einer Stimmung von Leichtigkeit gekauft, ohne eine Sekunde an Stevie zu denken.

»Es ist falsch.«

»Ich weiß.« Stevie streichelte sie und flüsterte in ihr Ohr: »Middie, ich habe eine riesige Sehnsucht nach dir. Nach deiner Ruhe. Wenn ich bei dir bin, dann kann ich alles vergessen. Dann ist alles gut.«

Middie rollte von ihr weg, bis sie an die Wand stieß. Sie setzte sich auf und hielt sich die Ohren zu. Stevie sagte, was sie dachte, und was sie sich verbat zu denken. Sie könnten immer so weitermachen: Sich brauchen und sich dadurch einschränken. Sich alles geben und verhindern, dass andere Menschen ihnen nahe kamen.

Die Lampe flackerte und sprang wieder an.

Stevie setzte sich ebenfalls auf. Sie fuhr sich durch die Haare, blinzelte und sah verwirrt aus.

»Ich wollte dich immer retten.« Sie schüttelte den Kopf und sah die weißen Wände entlang. »Konnte ich das nicht?« Ihre Mundwinkel zuckten, als wollte sie zu weinen beginnen. »Ich habe so viel Muskelkraft, aber keine Kraft in der Seele. Eigentlich war ich nicht stark, ich bin weggelaufen und habe dich dort gelassen.«

Enttäuschung über ihr Unvermögen stand in ihren Augen. Sie legte eine Hand vors Gesicht.»Wenn ich dich nicht beschützen kann, dann hat sie recht gehabt und ich bin nur ein Monster«, sagte sie leise. Sie hob blitzschnell die Pistole auf und hielt sie sich an die Schläfe.

»Es hätte mich treffen sollen«, sagte sie heiser. »Stephanie das Monster.«

Es klickte.

»Stevie!« Middie stürzte zu ihr und riss ihre Hand herunter.

»Schwesterchen«, sagte Stevie lachend.

»Du Irre.«

»Hättest du mich vermisst?«

Middie sah Schweißperlen auf Stevies Stirn glänzen. Mit dunkelbraunen Tigeraugen lauerte auf die Antwort, die ihr Leben entscheiden würde. Middies Herz klopfte bis zum Hals. Mit einem Mal sah sie klar.

Sie stand auf und strich ihr Kleid glatt.

»Ich werde dich immer vermissen. Aber ich werde dich nicht mehr brauchen«, sagte sie langsam. Sie sah ihre Schwester aufmerksam an. Würde sie den Unterschied verstehen?

»Du darfst gehen. Ich halte dich nicht mehr fest. Du musst keine Angst mehr haben, dass ich sterbe, dass ich leide. Du kannst nach Australien, Amerika, egal wohin gehen. Du musst nicht mehr kommen und nach mir sehen. Du musst deinen Radius nicht mehr auf mein Umfeld begrenzen.«

Stevie sah sie erstaunt an.

»Du brauchst mich nicht mehr«, stellte Stevie fest. Sie sah ungläubig drein.

»Ich höre Mutters Stimme nicht mehr. Ich treffe meine eigenen Entscheidungen. Ich fühle wieder etwas ... nein, alles.«

Stevie erhob sich und Middie umarmte sie fest.

Sie drückte ihre Nase an Stevies Hals und zum ersten Mal spürte sie kein Verlangen danach, dass ihre Hände sie lebendig machen sollten. Sie war lebendig.

Sie küsste Stevies Wange.

»Wir werden keine Geliebten mehr sein.« Sie trat einen Schritt zurück und sah ihre Schwester an. »Du weißt, dass du kein Monster bist.«

»Ja«, sagte Stevie und sah sehr zufrieden aus.

»Nenn mich ab jetzt Mildred.«

Ein Jahr später

Mildred sah die Straße entlang, die schnurgerade da verlief, wo zuvor ihr Haus gestanden hatte. Der Asphalt roch streng nach Teer. Breite Gehsteige rechts und links der Straße verschmälerten die Vorgärten, die einst Ellen und Freya gehört hatten.

Ellens Van stand nicht mehr auf der Straße, sie lebte in Stuttgart und hatte ihr Haus an eine Familie vermietet. Ein roter Plastiksandkasten stand zwischen den Blumenrabatten, zwei Kleinkinder füllten Schaufeln mit Sand und kippten sie auf den englischen Rasen. Die Mutter hockte mit dem Handy am Ohr im Gras und lackierte sich die Fußnägel.

Neben Ellens Grundstück wurde bereits die Grube für ein neues Haus ausgehoben. Ein gelber Bagger wendete mit Getöse, ein Lastwagen mit Aushub fuhr vom Bauplatz hinunter und bog in die neue Straße ein und rumpelte an Mildred vorbei.

In Freyas Haus wohnte ein junges Pärchen, das den Garten weiterwuchern ließ, so wie Freya ihn angelegt hatte. Sie waren nicht zu Hause. Mildred ging an der orangefarbenen Mülltonne vorbei, packte die Urne fester, die sie unter den Arm geklemmt hatte, öffnete den Deckel und verstreute Freyas Asche über dem Lavendel und den Königskerzen. Die Urne stellte sie unter den Holunderbusch, an dessen Zweigen noch die Hängematte befestigt war. Freya hätte es sich so gewünscht.

Dann schlenderte sie die Straße entlang. In ihrer Tasche trug sie den Verlagsvertrag für die Biographie des Heftromanautors. Mildred kannte den Werbetext auswendig: »*Die Autorin Mildred Schmid hat dem namenlosen Schreiber von zahllosen Heftromanen ein Gesicht geschenkt. Mithilfe des Tagebuchs, das sie hinter einer Wandvertäfelung seines Hauses fand, rekonstruierte sie seine Biographie.*«

Mildred hielt Ausschau nach der Stelle, an der sich das dritte

Zimmer befunden haben musste.

Und da sah sie die Blume: In der Mitte einer dunkelgrünen Blatt-rosette mit gezahnten Blättern streckte sich ein gelbgrüner Stängel, und eine silberne Löwenzahnblüte wippte im Wind. Mildred ging vor ihr in die Hocke. Der Asphalt war aufgerissen und kleine Teer-schollen erhoben sich zu einem Hügel. Ellen hatte erzählt, dass kein Ausreißen, Darüberteeren oder Unkrautvernichtungsmittel half: Über Nacht bohrte sich eine neue Blume durch den Teer.

Mit dem Finger tippte Mildred an die Dolde. Tausend silberne Stäbchen propellerten davon.

Sie könnte nach Las Vegas fliegen und Stevies Auftritt im *Cirque du Solei* ansehen, sie könnte Ellen im Theater bewundern oder nach Olga suchen oder sie könnte davongehen und etwas ganz anderes tun.

Mildred stand auf und lächelte.

Das Leben bot so viele Möglichkeiten.

Autorin

Elke Weigel ist Diplom-Psychologin und Tantztherapeutin in einer eigenen Praxis in Stuttgart.

Neben Sachbüchern schreibt sie Romane, Krimis und historische Romane.

Weitere Romane finden Sie auf www.elkeweigel.com

Fußballtöchter – Roman

1969 Susi will nur eins im Leben: Fußball spielen. Doch 1970 herrscht ein offizielles Verbot für Damenfußball auf Vereinsplätzen. Auch im privaten Umfeld bekommt sie Steine in den Weg gelegt. Frauen und Fußball das ist in den Augen ihres Vaters ein Unding. Zum Glück hat sie fußballbegeisterte Freundinnen, die bereit sind, zusammenzuhalten und alles zu tun, um kicken zu können. Doch in dem schwäbischen Dorf ist die aufkeimende Frauenbewegung noch lange nicht angekommen, und zusammen mit Gerda, Hannelore und den anderen Mitspielerinnen muss Susi lernen, sich auch außerhalb des Fußballplatzes durchzusetzen. Und sie verliert ihr Herz nicht nur an den Fußball. Fußballtöchter ist ein bewegender Roman über die Stärke von Frauen, die selbstbewusst und mutig ihr Recht erstreiten: auf dem Spielfeld wie im Leben.

Eissommer – historischer Roman (Gmeiner)

1815. Die junge Rose ist den Weinbauern unheimlich: Sie lebt allein auf ihrem Hof, mit sechs Zehen an jedem Fuß und ihr Vater soll ein Waldgeist gewesen sein. Rose selbst beginnt daran zu glauben, als sie merkwürdige Veränderungen an sich feststellt. Dann geschieht etwas Schreckliches, das das Leben aller Dorfbewohner für immer verändern wird.

1846. Ein geerbtes Hemd löst bei Cumera Visionen aus. Man hält sie für krank. Liane, eine Arzttochter, soll sie mit Heilmagnetismus kurieren. Die beiden Frauen verlieben sich ineinander und Cumeras Visionen werden eindringlicher. Hat ihre Großmutter tatsächlich vor knapp dreißig Jahren ein ganzes schwäbisches Dorf vergiftet? Um die Wahrheit herauszufinden, macht sie sich mitten im Winter allein auf den Weg zu den Ruinen des Weindorfes.

Der Traum der Dichterin – Die Sehnsucht der Annette von Droste-Hülshoff – historischer Roman (Gmeiner)

1818-1825. Seit ihrer Kindheit spürt Annette von Droste-Hülshoff in sich eine zweite Natur. Diese Doppelgängerin dichtet wild und unabhängig, ganz entgegen der Erwartungen ihrer Familie. Nur Male Hassenpflug, mit der sie zärtlich verbunden ist, ermutigt ihren eigenwilligen dichterischen Ausdruck.

Robin und Jennifer – historischer Roman (Konkursbuch)

1900-1913. Mit Disziplin und Lerneifer versucht Robin sich einen Platz im Leben zu schaffen, doch man hält sie im konservativen Cannstatt für „abartig", weil sie ein Mädchen liebt. Um einer Einweisung in eine Anstalt zu entkommen, flüchtet sie zu den Lebensreformern auf dem Monte Verità. Dort trifft sie auf Jennifer, eine Tänzerin des Neuen Tanzes, die in der Pariser Boheme aufgewachsen und deren Lebensmotto das Vergnügen ist.

Tod und Irrtum – historischer Roman (Gmeiner)

1910 Eben von einer Reise zurück, erwartet Henriette Haag zu Hause das Chaos: Ihre junge Haushälterin Magdale wird des Mordes verdächtigt und ist nach einem angeblichen Suizidversuch nicht vernehmungsfähig. Von der Unschuld der jungen Frau überzeugt, kehrt sie in der gutbürgerlichen Gesellschaft Stuttgarts das Unterste nach oben und stellt fest, dass nichts so ist, wie es zu sein scheint.

Seit dem Tod ihres Mannes hat sich Henriette mit Psychoanalyse beschäftigt und mit ihrem neu erworbenen Wissen um die Macht des Unbewussten, Versprechern und anderen Irrtümern, will sie den Mörder finden und ihr Leben wieder in ruhige Bahnen lenken.

Aber das Unbewusste ist eine unberechenbare Größe – auch in ihr.

Das Band durch die Zeit – Roman (Createspace)

Lilli sehnt sich danach, eine Aufgabe zu finden, die sie erfüllt. Mit ihren Freundinnen entwickelt sie eine neue Methode der Geschichtsforschung: Sie können in gemeinsamen Trancereisen in die Vergangenheit sehen und entdecken ein Frauenvolk, das ohne Männer lebt. Auf einem Matriarchatskongress, wo Lilli mehr über das Frauenvolk zu erfahren hofft, trifft sie auf ihre Ex-Freundin Karla. Fast gefühllos geworden, sehr beherrscht und diszipliniert will Karla durch die Lenkung mentaler Energie grenzenlose Macht erlangen. Sie überredet Lillis Freundin Almut zu einem nächtlichen Ritual. Das bringt Almut in Lebensgefahr.

Bei dem Versuch ihrer Freundin zu helfen, gerät Lilli in ein Land außerhalb der Zeit und sie ist vor eine Aufgabe gestellt, die sie an die Grenze ihrer spirituellen Kraft bringt.

Fast die ganze Wahrheit – Krimi (Createspace)

Die Schwestern Linda und Ruth leben in einer abgelegenen Burgruine mitten im Wald. Eine scheinbare Idylle, bis Sebastian auftaucht und sich in Linda verliebt. Je näher sich die beiden kommen, umso gefährlicher wird, was sie voreinander verbergen.

Mutterschuld – Krimi (Konkrusbuch)

Die Psychologin Carolin Baittinger tritt voller Enthusiasmus ihre neue Stelle in er Kinder- und Jugendpsychiatrie an. Sie erkennt schnell, dass an ihrem neuen Arbeitsplatz etwas nicht stimmt die Jugendlichen ihrer Station legen bizarre Verhaltensweisen an en Tag. Zwangsernährung und unnötig starke Medikationen sind Alltag. Nach und nach kommt sie dunklen Machenschaften, schweren Behandlungsfehlern und einem finsteren Menschenbild auf die Spur. Als sie die Missstände anspricht, schweigen die Kollegen und am nächsten Tag ist Professor Augenstein, Leiter der Psychiatrie, tot. Unfall? Oder Mord? Kommissarin Johanna Schach Carolins Freundin, die sich aber nicht outen will, ermittelt. Ihr machen die unlogi-

Sterben in Schwarzweiß – Krimi (Konkursbuch)

Carolin hat Erfahrung mit dem Krankheitsbild der multiplen Persönlichkeit, doch die Behandlung von Alex bringt sie nicht nur fachlich an ihre Grenze. Alex steht im Bann zweier Fotografinnen, Frieda und Lou. Seit ihrer Jugend experimentieren die beiden mit Schwarzweißfotografien.

Als eine der Fotografinnen ermordet wird, deutet alles darauf hin, dass Alex in das Geschehen verwickelt ist. Doch ist sie wirklich die Mörderin?

Mit ihren unkonventionellen Behandlungsmethoden versucht Carolin, das Beziehungsgeflecht zu durchschauen. Kommissarin Johanna ist in besonderem Maße persönlich betroffen, die Ermordete ähnelt ihr nämlich stark, und ein Wettlauf gegen die Zeit beginnt.